メディアワークス文庫

西由比ヶ浜駅の神様

村瀬 健

目　次

鎌倉《かまくら》に春一番が吹いたその日、一台の快速電車が脱線した。東浜《とうひん》鉄道・鎌倉線、上り列車。猛スピードで線路を外れた車両は、鎌倉生魂《いきたま》神社の鳥居をかすめた。その後、山間《やまあい》の崖から転落。乗客百二十七名のうち、六十八名が亡くなる大惨事に。

脱線事故から二ヶ月ほど経過した頃、深夜の鎌倉線を、幽霊電車が走っているという噂《うわさ》が飛び交い始めた。

事故現場の最寄り駅、西由比ヶ浜駅《にしゆいがはまえき》。その駅のホームに「雪穂《ゆきほ》」という名の幽霊がいて、彼女にお願いすると、過去に戻って事故当日の電車に乗ることができるらしい。ただし、その電車に乗るためには、次の四つのルールを遵守しなければならない、という。

・亡くなった被害者が乗った駅からしか乗車できない。
・亡くなった被害者に、もうすぐ死ぬことを伝えてはいけない。
・西由比ヶ浜駅を過ぎるまでに、どこかの駅で降りなければならない。西由比ヶ浜駅を通過してしまうと、その人も事故に遭って死ぬ。
・亡くなった被害者に会っても、現実は何ひとつ変わらない。何をしても、事故で亡くなった者は生き返らない。脱線するまでに車内の人を降ろそうとしたら、元の現実に戻る。

亡くなった被害者に会っても、現実は何ひとつ変わらない——。
何をしても、事故で亡くなった者は生き返らない——。
そのルールを聞かされても、誰もがみんな、会いに行った。

婚約者を亡くした女性が。
父親を亡くした息子が。
片思いの女性を亡くした中学生が。
そして、事故を引き起こしてしまった、運転士の妻が。

人は、いつだって愛する者を失ってから気づく。
自分は、二度と戻らない美しい日々にいたんだな、と。

あなたは、亡くなった人にもう一度だけ会えるとしたら、何を伝えますか？

第一話　彼へ。

「事故で国道を通れないんで、迂回《うかい》しますね」

タクシー運転手の問いかけに、後部座席から言葉を返せなかった。窓越しに見える西由比ヶ浜駅一帯は、大勢の野次馬でごった返している。

脱線事故の影響で、鎌倉線すべての電車は運行を取りやめていた。救急車のけたたましいサイレンが鳴り響く中、額の汗を指で拭いながらスマホを開く。ネットのニュースサイトに上がったトピックスは、どれも脱線事故に関する記事だった。

『鎌倉の脱線事故、十四時現在で死亡者は二十六名』

『脱線事故、三両目は崖下に転落か』

ずらりと並ぶタイトルを目にして、ページを慌てて閉じた。大きく息をつき、先ほど電話でしたやり取りをもう一度思い起こす。

「ともちゃん、仕事中にごめん」

「どうしたんですか、お義母《かあ》さん」

「今から言うことを落ち着いて聞いてね。慎一郎《しんいちろう》の乗っていた電車が、脱線したの」

「えっ」

「慎一郎の乗っていた電車が、脱線したのよっ!」

「ね、根本《ねもと》くんは大丈夫なんですか？　根本くんは無事なん――」

「とにかく、南鎌倉《みなみかまくら》総合病院に、すぐに来て。じゃ」

タクシーに乗ってから、この会話を何度反芻《はんすう》したかわからない。お義母さんの言い回し、息遣い、間。電話で感じたことを丁寧に思い出し、婚約者が無事である可能性を探る。

「この道も、混んでますね……」

顔をしかめる運転手に、なんとかしてくださいっ、とお願いした。でも、本音では急いでほしくなかった。怖かったからだ。

視界に入ってきた白い建物が近づくにつれ、胸の鼓動が速くなった。現実と直面するのが怖くて、それまでの人生のどの瞬間にでもいいから戻りたいと思った。

「着きました！　正面玄関前が混んでるんで、裏口のほうに回りま――」

「ここでいいんで降ろしてください！」

一万円札を突き出し、お釣りも受け取らず外に出た。寄ってくるテレビカメラを手で制しながら、ロータリーを横切っていく。

正面玄関の前に、警察の護送バスが何台も停《と》まっている。担架が足りないのか、列車の座席シートを担架代わりに負傷者が次々と運ばれてくる。

「その患者はあとだ！　こっちが先だ！」

自動扉の向こうは、人でごった返していた。

「さっきこっちが先だって言ったでしょ、先生！」

「いいから言うことをきけ！　それと、ベッドにもう空きがない！　亡くなった人はひとまず地下に運べ！」

院内に、怒声が交錯している。その荒い声と重なるように、どたばたと担架を運ぶ足音がそこかしこから耳に届く。

「すいません、根本慎一郎はどこですか？　今日の脱線事故に遭ったんです！」

行き交う人々の合間を縫って、受付に駆け寄った。

「ご家族の方ですか？」

「根本慎一郎の婚約者です！　樋口智子《ひぐちともこ》です！」

事情を話すと、若い女性の看護師は奥のナースルームに消えた。他の看護師と顔を突き合わせて話し込み、しばらくして受付に戻ってきた。

「……地下二階の、右奥の部屋に行っていただけますか」

心臓が、びくりと跳ねた。

地下二階――。

その言葉の意味を模索するうちに、すーっと気が遠くなっていく。

非常階段から地下二階に下りると、フロア一帯にすすり泣きが響き渡っていた。

薄暗い廊下を奥に進むと、ボイラー室の隣の部屋から、耳に覚えのある声が漏れ聞こえてきた。

その部屋の前で、立ち止まった。ドアノブを摑《つか》んだまま、動けなくなる。扉の向こうにある光景が、容易に想像がつくからだ。

目を閉じ、お腹《なか》の底にたまった重い息を一度大きく吐いた。吐き出す力を利用してノブを引いたが、視界に飛び込んできたのは、私が想像していたものと同じだった。大きなベッド。そこに横たわる人。そして、顔にかぶせられた白い布。

頭が揺れるような感覚があった。思考が定まらず、自分が今どこにいて何をしようとしているのかわからない。

「ともちゃんっ」

お義母さんが歩み寄り、私の右手を両手で強く握った。

「ともちゃんっ。ともちゃんっ！　ともちゃんっ！」

泣き叫ぶお義母さんが、煩わしく感じられた。頭の整理を妨害してくる存在に思えて、握られた手を振り払いたい衝動に駆られる。でも、できなかった。手に込められた強い力が、一人息子への愛情を伝えてくるようで、離すわけにはいかない。

「ともちゃん、慎一郎の顔を見てあげてよ」

お義父《とう》さんに、腕を引かれた。

すっとはずされた布の下には、いつもの彼の寝顔がある。私は、子供のようなこの寝顔を見るのが好きだった。ベッドの隣で、一晩中眺めていたこともある。

来週半ばに、根本くんは三十二歳の誕生日を迎える。彼は私に、誕生日にはカレーを作ってほしい、とお願いしてきた。去年の誕生日にカレーを作ってあげた時、彼は口一杯に頬張りながら涙ぐんだ。なんで泣いてるのと尋ねたら、こう答えた。

「いや、死ぬまでにあと何回、このカレーが食べられるのかと思ってさ」

私は、最高に幸せだった。子供みたいに純粋な彼と、一緒になれることが。

私の未来に、ずっと彼がいることが。

「根本くん、起きて。お願いだから、起きてよ……」

私は、彼の手を握った。

「根本くん、目開けてよ。私、またカレー作るよ。毎日だって作るよ。だから起きてよ、根本くん。根本くん！　根本くんっ！」

泣き叫ぶ私の肩を、お義父さんが抱き寄せた。私の肩をさするお義父さんの手は、隠し切れないほどぶるぶると震えている。

お義父さんの胸で泣きながら、私は根本くんと出会った時のことを思い起こしていた。

今から十六年前、私が高校一年生の時のことだ。

私の父親は、心臓を患っていた。働けなくなり、代わりに母親が近所の印刷工場に勤め始めた。でも、生活は苦しい。私は家計を助けるために、学校が終わると地元の福祉施設で介護のアルバイトを始めた。

ゴールデンウィーク明けのある日、課外授業で自動車工場を見学することになった。班単位で工場内を巡る中、私は群れから離れたところをひとりで歩いていた。クラスで班を作る際に誘ってくれた女の子が、観光バスを降りてからというもの、あまり目を合わせてくれない。彼女は、バスで私の隣に座った。口数の多くない私に退屈しているのが見て取れた。バスで過ごした時間の中で、根暗な私と接していても楽しくないと判断したのだろう。

お昼になり、タイヤ工場に併設された食堂で、食事をすることになった。弁当を持参した者はそれを食べるが、私はこの日、母親が出張で家におらず、弁当を持ち合わせていない。母親がお金を渡してくれていたが、貧しい家の事情を考えると、おいそれと使うわけにはいかない。

「……かけうどんをください」

一番安いものを注文し、同じ班の女子が集まっている長テーブルに向かった。だが、近くまで来て足が止まった。班のみんなが、私をちらちらと見ながら意地悪く微笑《ほほえ》んでいる。私に見せつけるように隣の人に耳打ちしている子もいる。

「あんなみすぼらしいもの、食べる子いるんだ」

踵《きびす》を返した背中に、容赦のない言葉が浴びせられた。口にしたのは、私を班に誘ってくれた子だ。彼女は私が座れないよう、隣の椅子に鞄《かばん》を置いている。

私は、誰も座っていないテーブルに腰かけた。私の背後を、トレーにハンバーグ定食を載せた生徒が通りすぎる。後方のテーブルでは、おいしそうに焼肉を頬張っている子もいる。惨めだった。どこかで誰かが笑っていたら、自分が笑われているような気がしてならない。

「僕も、かけうどんをください」

うどんに箸をつけられないでいたら、誰かが厨房《ちゅうぼう》にお願いした。僕「も」という言い回しが気になって首を向けると、同じクラスの子がいる。

小柄なその彼は、トレーを手に私の隣に座った。何も言わず、わりばしをぱちんと割ってずるずると麺をすすり始める。

子供のようなくりっとした目をした子だった。顔はうっすらと日焼けしていて、人見知りする子なのか、私をあまり見ようとしない。たまに目が合うと、照れくさそうにぱちぱちと瞬きをしてすぐに視線を逸《そ》らす。

でも、私は気づいていた。彼は、自分もかけうどんを頼むことで私に恥をかかせないようにしてくれているのだ。

彼は、私の姿を隠せる席に腰を下ろした。自らが壁となり、近くに陣取る生徒に私が見えないようにしてくれている。かけうどんを食べているのは僕だけだよ、と。笑うんだったら僕だけを笑えよ、と。

うどんを食べ終えても、彼は席を立とうとしない。空になったコップに水を注ぎにいこうともしない。私を守るようにこの場を一歩も動かないのだ。

彼の思いやりが、真《ま》っ直《す》ぐ胸に突き刺さった。うどんに箸をつけると、肩が震え始めた。頬を伝う涙を指で拭い、どんぶりに口をつける。

少し冷めていたが、鰹《かつお》の濃厚な出汁《だし》の味が体中に染み渡った。

彼の名は、根本慎一郎、といった。

課外授業から二日後の昼休み、私は教室でひとり弁当を食べていた。課外授業で同じ班だった女子たちが、私の粗末な弁当を見てニヤニヤしている。居心地が悪く、食べ終えて図書室に足を運んだら、根本くんがいた。『犬のしつけ』という図鑑を手に取って眺めている。

私は、この前の件でまだお礼を言えていない。声をかけようと距離を詰めたら、例の女子グループがどたばたと入ってきた。ここで根本くんに話しかけて、妙な噂でも立てられたら厄介だ。日を改めようと図書室を出たが、その機会はすぐに訪れた。放課後、自転車で正門を出て角を曲がると、根本くんがいた。彼は帰宅する生徒の群れからはずれ、マンションとマンションとの隙間にさっと身を滑り込ませた。

自転車を止めて覗《のぞ》き込《こ》むと、根本くんが細長いドブ川をぴちゃぴちゃと音を立てながら歩いている。スラックスの裾をめくることなく、汚れてもかまわないとばかりに堂々と。介護のバイトの時間まで、まだ一時間以上ある。気になった私は、あとをつけることに。

薄黒く濁った水面に、スニーカーのまま足を浸した。三十メートルほど進んだところで、はたと足が止まった。遠目に、深緑色の木々が見えたからだ。

ドブ川を抜けると、眼前に広大な森があった。林立したスギの木が、原生林のように高くそびえ立っている。私の自宅はこの森から自転車で十五分ぐらいのところにあり、子供の頃、何度かこのそばを通りかかったことがある。

耳を澄ますと、雑木林の中から下草をざくざくと踏みしめる音が聞こえてきた。根本くんが森の奥に向かっているのだろう。

用水路に架かる小さな木の橋を渡り、濡《ぬ》れたスカートの裾をぎゅっと絞った。緩やかな傾斜を、両手で枝葉をかき分けながら登っていく。

獣道に入り、一息つこうとした時だった。突然、どこからか聞こえてくる足音が次第に早くなった。勾配の急な斜面を雪崩落《なだれお》ちるように下り、それは私の前に現れた。真っ白な犬だった。年季の入った黄色い首輪をしている。目を血走らせ、今から飛びかかるぞ、とばかりに私を睨《にら》みつけている。

「キャアァァッ!」

受け身も取らず倒れ込むと、根本くんが猛スピードで坂道を駆け下りてきた。

彼は何のためらいも見せず、私の前に立ち塞がった。秋田犬《あきたいぬ》と思《おぼ》しきその大型犬は、荒い呼気でこっちに突進してくる。彼は、野球の捕手のように腰を低く落とした。顔の間際まで来た犬を下から抱え込み、そうっと横に倒して柔道の袈裟《けさ》固めを決める。

一連の動きを事前に決めていたかのような冷静さだった。

「ごめんなシロ、乱暴なことしちゃって。少しの間だけだからな」

根本くんは申し訳なさそうに言って、「樋口！」と私の名を呼んだ。

「そこに僕の鞄が捨ててあるだろ。中に救急セットが入ってるから、箱ごと出してくれないか？」

呆気《あっけ》に取られながらも、「わ、わかった」と私。鞄から小さな箱を取り出し、寝転ぶ根本くんのそばに歩み寄る。

「シロ、すぐに終わるからな。樋口、悪いけど、この子の前脚に消毒液をかけてやってくれないか？ 右脚の肘らへんに、血が流れてる箇所があるだろ？」

目で示された部分を眺めると、五センチほどの切り傷がある。傷は浅く、縫うほどではないが、かさぶたを突き破るようにしてまだ血が出ている。

「放置していたら、ばい菌が入る。その消毒液を瓶ごと全部ぶっかけてくれ」

「わ、わかった！」

私は吠《ほ》える犬のそばで屈《かが》み、小瓶の蓋をはずして傷口に振りかけた。シロ、と呼ばれたその犬は、激痛からお腹をばたばたと揺らしたが、根本くんが腕の力を強めてじっとさせる。

「ありがとう。じゃ次に、そこにガーゼを当ててやってよ」

寝転びながら、順に指示を出してきた。ガーゼの上から包帯を巻き、さらにその上にサポーターを付ける。人間に施すような丁寧な治療だ。

私は言われた通りに動き、サポーターのファスナーを留めた。

「助かったよ、樋口。にしても、柔道の授業で技を習っててよかったよ」

顔中に玉の汗を浮かべる彼は、シロから右腕を離した。腰を上げて、よくがんばったなシロ、と頭をぽんぽんと叩《たた》く。カッターシャツの右の袖が引き千切られているが、気にする素振りは一切見せない。

シロが、すくっと立ち上がった。興奮しきって低い声でガウガウ言っていたが、興味をなくしたのかやがて森の奥に走り去っていった。

「それより、さっきから誰かにつけられてると思ってたら、君だったのか」

ぜえぜえと息を切らしながら、彼は鞄からステンレス製の水筒を取り出した。細い筒の中央に、スヌーピーのイラストが入っている。

「……ここで、何をしているの？」

コップに注いだお茶をごくりと呑む彼に、不審そうな目を向けた。

「この森は、昔から『捨て犬の森』と呼ばれていて、飼えなくなった人が犬を捨てにくるんだ。奥に行けば、もう何匹かいる」

はだけた胸元のボタンを戻しながら、彼は話を続ける。

「少し前に、学校の正門の近くをシロがうろちょろしているのを見かけたんだ。前脚をケガしていたから無視できなくて、あとをつけたら捨て犬の森に入っていった。でも、すごく気が荒い犬でさ。ご飯をあげようとしても、なかなか食べてくれないんだよ」

それで昼休みに、図書室で犬の本を手にしていたのか。シャツからはみ出た腕には、噛《か》まれた跡やひっかき傷がある。今日までシロと格闘してきた痕跡がうかがえる。

ちなみにシロって名は、僕が名付けたんだ。彼はそう告げて、シロが走り去ったほうに首を向けた。

「僕は、シロと仲良くなりたい。人間に捨てられて気が立ってるだけで、あの子はきっと優しい女の子だから」

慈しむような眼差《まなざ》しで言った。濁りのない、憂いのある瞳で。

「ところで、君はなんでこんなところに来たの？」

「……いや、あの」

急に振られて、鼻白む。私は咳払《せきばら》いをひとつしてから、伏し目がちに告げた。

「おととい、課外授業に行ったでしょ。かけうどんを食べる私の隣に、君が同じものを持ってきてくれて。あれ、すごくうれしかった。まだお礼を言えてなかったから、今日こそは伝えようと思って。……ありがとう」

話を終えて、自然とお辞儀をしていた。

顔を上げた私に、根本くんは何も返してこなかった。照れることもなければ、誇らしげにするわけでもない。反射的に微笑んだだけのその顔には、さっき見た柔らかい目色が浮かんでいた。

「シロ、こっちにおいで！」

網目のついた薄い肉片を手に、根本くんがシロに手招きをした。

「怖がらなくていいよ、シロ。このビーフジャーキー、食べにおいで！」

彼の後ろから、私も続く。だけど、シロは一向に近づいてこない。

この二週間で、当初よりも吠えられる回数は減ってきた。シロの前脚はすっかり回復し、患部に巻かれていたサポーターはシロが歯で引き千切った。

根本くんは、シロが根城にしている草むらに餌入れを置き、毎日ドッグフードを入れてあげていた。翌日訪れると、ドッグフードは綺麗《きれい》になくなっている。食べていることは食べているのだろうが、こちらが直接与えようとしても寄りついてこない。

「シロは、人間を信用していないんだ。飼い主にひどいことをされたんだろう」

根本くんは、前にそう言っていた。おそらく、彼の見立ては当たっている。

「明日は土曜だし、ペットショップの人に色々と訊《き》いてみるよ。じゃ、また来週！」

根本くんのその言葉で、この日は解散となった。私は介護のアルバイトに向かう。

根本くんと森で出会った翌日から、放課後になるといつも森に行くようになった。教室の席が離れていることもあって、学校の中ではあまり話さない。でも放課後になると、お互い示し合わせたように森に向かう。私がドブ川を通っていたら、後ろから根本くんが現れて笑ったこともある。一緒に行かないこの距離感がなんだか愉快で、私はこのままでいい、と思っていた。

根本くんと森で過ごす時間は、私にとって大切なものとなっていた。

彼は私と同様に、兄弟はいない。私の父親が病気だということを話すと、真摯に話を聞いてくれた。子供っぽい容姿とは裏腹に、精神面は大人びている。学校で例の女子グループに冷たくされることもあったが、彼との充実した時間のおかげで気にならなくなっていた。

空一面が、のっぺりとした灰色の雲に覆われていた。ぱらぱらと音を立てる雨が、雑多に生い茂ったスギの木に降り注いでいる。

関東で梅雨入りが宣言されたこの日も、私は森にいた。夜にかけて大雨になるみたいだし、根本くんもさすがに今日は来ないだろう。そう高をくくりながらも、念のため傘を差して森を訪れたら、いた。透明のレインコートを羽織り、シロにビーフジャーキーを渡そうとしている。

「シロ、お腹空いてないかい？」

雨に打たれて機嫌が悪いのか、シロは普段にも増して気が荒い。濡れた全身を硬直させ、威嚇するように吠え立てている。

秋田犬のしつけで大切なのは、誰がリーダーなのかをはっきりさせることらしい。根本くんはペットショップの人にそう助言されたが、彼はそれに従わなかった。

「シロはきっと、誰からも愛されたことがないんだ。僕はこの子と主従関係を作りたくない」

宣言するかのように、私にそう言った。迷いのない口調に、私は口を挟めなかった。

「シロ、怖がらなくていいからね。こっちに来て、これ食べな」

私はビニール傘を差しながら、彼を見守った。しかし、シロは寄りつかない。雨が強くなってきたことに苛立《いらだ》ったのか、天を見上げて大きく吠えた。そしてそれを合図にするかのように、根本くんに突進して彼の右手を噛んだ。

「根本くん！」

「大丈夫だっ」

私の語尾に重なるように、根本くんが声を張り上げた。シロは彼の右手に歯を食い込ませたままだ。彼は苦悶《くもん》の表情を浮かべているものの、目力は衰えていない。噛み千切るならやってみろ、と言わんばかりに、口を開けようとしたシロの口内に逆に手を突っ込もうとしている。

不機嫌そうに、シロが離れた。私は、傘の下で動けなかった。腕時計を見ると、バイトが始まる時間はもう過ぎている。

辺り一帯に闇が広がり始める中、二人の戦いは続く。根本くんが餌を手に歩み寄ると、シロは離れる。シロが噛もうと近づくと、むしろ根本くんのほうが距離を詰めてシロが退く。

腕時計の針は、まもなく八時を告げる。急激に、雨脚が強まった。殴りつけるような雨が森全体を襲う。

強い雨に恐れをなしたのか、シロが背中を向けて森の奥に駆け出した。根本くんは、鼻から太い息を吐き出した。今日は、これぐらいにしておくか。私に目でそう伝えた瞬間、わぉぉぉんという奇声が森中に木霊した。

シロが去ったほうに駆け出した根本くんに続いて私も走っていくと、根本くんがぱたと足を止めた。彼が目を向ける方向に、アオコで緑色に濁った大きな湖がある。大雨で増水している水面から、毛で覆われた真っ白な脚が出ている。

「シロっ！」

レインコートを脱ぎ捨てた根本くんが、深さも確かめないで湖に足から飛び込んだ。平泳ぎで中央付近まで移動し、シロの巨体を下から抱え上げようとする。水深が低く、ぎりぎりだが底に足を着けられたことで水面からシロの顔が出てきた。だが、興奮したシロが四肢をばたつかせる。

焦る私の視線の先に、木造の小屋があった。扉のそばに、リールに巻かれた散水用のホースがある。あれだ！

「根本くん！　これに掴まって！」

私は小屋に走り寄り、ホースを伸ばして水面に投げ入れた。シロの体を抱えた根本くんが水際まで到達し、「樋口！　先にこの子を引っ張りあげてくれ！」とお願いしてくる。火事場の馬鹿力が出た。ぬかるみに足を取られながらも、シロの両前脚を掴んで引っ張り上げた。嵩《かさ》を増した水面が、根本くんの鼻の辺りまできた。力尽き、水際から離れ始めた最中《さなか》、彼がなんとかホースを摑んだ。私は腰を深く落とし、両手にありったけの力を込めてホースを手繰り寄せる。だが、濡れた地面に足を取られて引っ張り切れない。尻餅をつきながらホースを引き続けた。腕の力が限界で、ホースを離さないよう左の脇で挟み込んだ。樋口、いいからもう逃げろっ。根本くんの声が聞こえてきたが、左脇でホースを固定して右腕にぐるぐると巻きつける。

「ホースを離さないでよ、根本くん！　もし離したら絶対に許さないからね！」

私は吠えた。沖のほうに流され始めた彼に向かって。

食堂でかけうどんを頼んだ際、彼が私にしてくれたことを決して忘れない。今度は私が彼を助ける番だ。

大粒の雨が、視界を遮り始めた時だった。

「どうしたーっ？」

懐中電灯の光が、私の顔を照らした。私たちが来た方向に、誰かいる。

その人を従えるように、シロがわんわんと吠えながら足元に来た。シロに遅れて、傘を差した中年の男性が「どうした、どうした？」とそばに駆け寄ってくる。

「助けてください！」

私がお願いすると、その男性は私の前に立ってホースをぎゅっと握った。ぬかるみに足を滑らしながらも、二人してホースを引き続ける。

水辺まで来た根本くんの両手をそれぞれ摑み、二人でじりじりと引き上げた。

「根本くん、大丈夫？」

しゃがんで顔を覗き込むと、地面に腹這《はらば》いになった彼が「ハァハァ、大丈夫。樋口こそケガはない？」と上体を起こした。息は荒いが、問題なさそうだ。

「ムチャするなよ、樋口」

「こっちのセリフだよ、それ」

小気味よく返すと、根本くんは目尻を下げた。私も、ふふと頰を緩める。

助けてくれた男性の指示で、ひとまず近くの小屋に移動した。びしょびしょの体のまま、庇《ひさし》のある縁側に腰を下ろす。

「大雨警報が出てるってのに、何やってたんだよ君たちは」

男性は、呆《あき》れたような表情を浮かべた。根本くんはすいませんと頭を下げ、かい摘《つま》んで事情を説明する。

「ところで、どうして私たちのことがわかったんですか？」

はだけたシャツのボタンを戻しながら尋ねると、その男性は、湖のほうにちらちらと目を向けながら言った。

「白い犬が、マンションの下でわんわんと吠えてやがったんだよ。あまりにうるさいんで傘を差して外に出たら、俺のジーパンの裾を嚙んで森のほうに連れていこうとしやがる。仕方なしについていったら、湖に君たちがいたってわけだ。あの犬は、君たちを助けようとしたんだよ。お礼なら、あそこにいる犬に言ってやってくれ」

さっきまで近くにいたシロが、いつのまにか湖のほとりにいる。

雨脚が、弱くなってきた。視線の先で、シロはこっちをじっと見つめていた。

あとからわかったことだが、その日は記録的な大雨だったらしい。今考えれば、よくそんな日に森に立ち入ったと思う。

森に行ったあくる日が土曜日だったので、この連休はゆっくり休もうと思っていた。だが、そうはいかなくなった。私の父親が急死したのだ。

狭心症が悪化していた父親は、ここ数年、入退院を繰り返していた。あの大雨の日から二日後の日曜日、朝起きると自室で冷たくなっていた。急性心不全だった。

慌ただしく葬儀が終わり、すべてが片づくとどっと感情があふれ出た。父親とのたくさんの思い出が胸をよぎり、布団を出られない。母親と相談して、しばらく学校を休むことに。

一週間ほど休んだあと、奮起して学校に行った。放課後に森を訪れると、根本くんが見当たらない。もしや、と思ってこの前の小屋に向かったが、そこにもいない。湖畔の西側に、勾配のついた道があった。人が作った道のようで、左右に細いワイヤーロープが整備されている。ロープを手すりに登っていくと、小高い丘に出た。

周囲の乱雑な木々とは対照的に、この一帯だけ綺麗に区画されている。奥に艶のある丸太の椅子が二脚設置されていて、中央付近には同じ高さで生《は》え揃《そろ》った真緑の芝生が広がっている。この森に、こんな場所があったのか。

ささっ、と人が動く気配があった。視線を這わせると、奥まったところにある草むらに、根本くんが立っている。

「こないだ、風邪引かなかった？」

私に気づいた彼が、振り向きざまに尋ねてきた。「大丈夫だったよ。根本くんは？」と距離を詰める。

「大丈夫だった。華奢《きゃしゃ》だけど、意外と丈夫だからね僕は」

「よかった。でも、私は親にムチャクチャ怒られたんだよね。連絡もしないで、こんな時間までどこに行ってたのよ、って」

話しながら、亡くなった父親を思い出して気が滅入《めい》ってきた。ベッドで伏せながらもその日、父親は私のことを心配してくれていたのだ。

隣に来た私を、根本くんは憂いを帯びた瞳でじっと見ていた。盛り下がる私の気配を察したのか、何も言わない。

私の父親が亡くなったことは、根本くんも知っているはずだ。学校を一週間も休んだわけだし、担任の先生がクラスに説明していないはずがない。

「……私のお父さんが、亡くなったんだよね」

気まずい沈黙に耐えられず、口を開いた。俯《うつむ》きがちに話の続きを探るが、胸が詰まって次の言葉が出てこない。

「……二日ほど前に、この丘を見つけてね」

しばらくして、彼が私からすっと目線をはずした。

「この丘からは、小田原《おだわら》の町が一望できるんだ。樋口も観《み》てごらんよ」

腰に手を当てる彼の隣で、示されたほうに視線を移した。目を凝らすと、小田原城の天守閣が見える。その先には、青々とした相模湾《さがみわん》が広がっている。自分が生まれ育った町をこんな感じで眺めるのは初めてだ。

「樋口さ」

根本くんは私の名を呼び、滔々《とうとう》と語り始めた。

「僕は親を亡くした経験がないから、君の辛《つら》い気持ちがわかるだなんて言えない。そして仮に親を亡くした経験があったとしても、君の気持ちがわかるだなんて言えない。人の気持ちが理解できるだなんて、それはあまりにも無責任な意見だと思う。みんなそれぞれ、事情があるからね」

彼は、私から目を逸らそうとしない。そして、「だけど、僕は思うんだ」とテンポよく告げて、続けた。

「君のお父さんはいなくなったけど、お父さんの分身である君は生きている。だから君が喜べば、お父さんもきっと喜ぶと思う。君の幸せが、そのままお父さんの幸せになると思うんだよ。血のつながりというのは、そういうことだと思う。だから君は、自分が楽しいと思うことをすればいい。君はずっと笑っているべきなんだ」

真っ直ぐな言葉が、心に重く響いた。

父親を失ってから、私はひとつの疑問がずっと胸に引っかかっていた。私の父親の人生は、果たして幸せだったのか、と。

心臓が悪くて、昔から病気がちだった。ここ数年は、家でほとんど寝たきりだった。五十年にも満たない短い人生に、何もいいことはなかったんじゃないか。そう考えた時、彼がとてつもなく不憫《ふびん》に思えて胸が締めつけられる。

でも、根本くんは言った。子供は親の分身である、と。そう捉えるのであれば、私の父親の人生にはまだ続きがあるのだ。

根本くんが、学校鞄からスヌーピーの水筒を取り出した。差し出されたコップを受け取ると、必死に堪えていた涙があふれ出した。

つと、坂道のほうからてくてくと足音が聞こえてきた。振り返るとシロがいて、私の足元に纏《まと》わりついてきた。

「シロ……」

膝を折って頭を撫《な》でると、頬に伝う涙をペロペロと舐《な》めてくれた。くぅーんと鳴きながら、気を許すようにしっぽを振っている。

「君が学校を休んでいる間に、すっかり懐いてくれてね。はいシロ、おやつだ！」

根本くんがビーフジャーキーを取り出すと、シロが彼の手に飛びついた。「よし、いい子だ！」と彼がシロの頭をかき撫でる。

シロに遅れるようにして、坂道のほうから真っ黒な犬が現れた。芝生の上を颯爽《さっそう》と渡り、シロの周りをうろちょろし始める。

「もしかして、シロの彼氏かこの子？　ったく、シロも隅に置けないよな」

私は手にしたコップの麦茶を一呑《の》みし、空を見上げた。分厚い雲の切れ目から、眩《まぶ》しい晴れ間が顔を覗かせていた。

あくる日から、私たちはシロを森で散歩させるようになった。根本くんは、シロに水色の新しい首輪をはめた。首輪にリードをつけて、シロの好きなように歩かせる。散歩の最後にあの丘に向かうのがお決まりのコースとなった。

ある時から、根本くんがビデオカメラを回し始めた。

「樋口、もっと笑ってよ」

私は注文されると、いつもピースをして笑みを浮かべる。丘の芝生で、シロを挟んで川の字に寝転ぶのが日課となった。

柔らかい芝生で仰向けになりながら、根本くんが私に言ったことがある。

「僕は人見知りするんだけど、樋口にはしなかったんだよね。不思議なもんだよ」

こっちもそうだよ。

私は心の中でそう唱えた。そしてこの時、はっきりと自覚した。

根本くんを好きになっていることに。

友達として好きとか、そういう類《たぐい》のものではない。私にとって彼は、かけがえのない存在になっていたのだ。

ところが、七月になったある日、私は母親から告げられた。終業式のあと、母方の祖母が暮らす岡山県《おかやまけん》に引っ越す、と。

頭が真っ白になった。引っ越すと、シロと会えなくなる。もちろん、根本くんにも。

私はそのことを、根本くんに報告できないでいた。彼への思いも、まだ伝えていない。何も言えないままに、時間だけが過ぎていく。

終業式前日、担任の先生が、私が転校する旨をクラスのみんなに伝えた。取り立てて悲しむクラスメイトはいない。でも、根本くんだけは様子が違った。

「根本くん」

教室で声をかけると、表情を強張《こわば》らせた彼は何も返してこない。その後も、時間を見つけては話をしようとしたが、彼は目が合うとそそくさとその場を離れる。

終業式があったその日、式を終えた私は、その足で森に向かった。根本くんと会うのは、もう最後かもしれない。でも私はこの日、彼に告白するつもりでいた。膨れ上がった彼への気持ちを、伝えずに別れることなどできない。

だけど、彼はいなかった。シロが出迎えてくれたが、どこを探しても彼はいない。湖にも。小屋にも。そして、あの丘にも。

去り際、シロを強く抱き締めた。どうか元気でね、シロ。そして、根本くんも。

私は目の縁に溜《た》まった涙を一撫でし、思い出の詰まった森を離れた。


玄関に隣接した居間で、僧侶による読経が行われていた。こじんまりとした祭壇が設置され、左右に品のいい花輪が並べられている。

座布団から腰を上げた弔問客が、順に焼香していった。祭壇と香炉に挟まれる形で、その場を支配するように根本くんが棺《ひつぎ》に納められている。

外が急に騒がしくなったことに気づいて、隣のお義父さんが席をはずした。

「お引き取りくださいっ」

庭の奥で、普段は穏やかなお義父さんが珍しく声を荒げている。マスコミだろう。

病院で息を引き取った根本くんの遺体はその後、警察で検死に回された。事故から通夜に至る二日後の今日まで、私たちはあらゆる場所でマスコミに追い回された。ご遺族として今、どんなお気持ちですか。根本さんは、病院に運ばれた時にはまだ息があったみたいですが、亡くなった経緯を詳しく教えてくれませんか。血の通わないそれらの質問に、我々遺族はどれだけ心を痛めただろう。

通夜が終了し、慇懃《いんぎん》に頭を下げながら弔問客が家をあとにしていった。

「大丈夫かい、ともちゃん？」

誰もいなくなった居間で、お義父さんがそばに腰を下ろした。

「私は、大丈夫です。お義父さんこそ、大丈夫ですか？」

心配そうに尋ねると、お義父さんは私を安心させるように笑顔を作る。

喪主を務めるお義父さんは、どれだけ大変だろう。葬儀会社との打ち合わせや警察対応は、すべてお義父さんがやってくれた。手伝いを申し出た私に、彼は何もさせなかった。お義父さんはもう還暦を過ぎている。だけど事故以来、彼の口からしんどいや辛いといった言葉は一度も聞いていない。

「ともちゃん、リンゴ剝《む》いたから食べな」

お盆を手に、お義母さんが隣にやってきた。

根本くんとの結婚が決まった時、一番喜んでくれたのはお義母さんだった。最高のお嫁さんが来てくれた。ともちゃん、私を本当のお母さんだと思ってくれていいからね、と言って。

両親を亡くして天涯孤独となった私を、このご夫婦はとびっきりの愛情で迎えてくれたのだ。

「……忘れてましたけど、結婚式場に、キャンセルの電話をしなきゃいけませんね」

この連絡だけは、二人にしてもらうわけにはいかない。式は三ヶ月後に迫っている。関係者にはもう招待状を送ってある。

スマホの画面に触れようとする指先が、左右に激しく震えた。昨年末にプロポーズされて以来、私は幸せの絶頂にいた。純白のドレスを纏って彼の隣に立つのを、どれだけ夢見たことか。その夢を今、自らの手で終わりにしようとしているのだ。

「……ともちゃん」

お義母さんが、私の左手をぎゅっと握った。

「慎一郎を、好きになってくれてありがとね」

小鼻が、ぴくぴくと震え始めた。枯れ果てて、もう出ないと思っていた涙があふれ出てきた。

私の隣で、事故からずっと気丈に振る舞っていたお義父さんが肩を震わせている。泣かないようにと下唇を嚙み締めているが、真っ赤に充血した目から涙がはらはらと滴り落ちている。

玄関のほうから、きゃんきゃんと吠えながらクロが現れた。

頰に伝う涙を、クロがペロペロと舐め始めた。私はご両親とクロに囲まれながら、根本くんと交際を始めた頃の記憶をたどった。

岡山の高校に転校した私はその後、卒業してから介護福祉士の資格を取った。岡山市内の福祉施設に勤めていたが、私が三十歳の時に母親が急死してしまう。何の因果か、亡くなった父親と同じ急性心不全だった。夫を失ってからも、私の母親は休みなく働いていた。もしかすると、無理がたたったのかもしれない。

母方の祖母も、すでに他界している。失意の中、私は生まれ育った小田原の町に戻ることに。高一の時に福祉施設でバイトをしていたので、地元には顔が利く。昔の知り合いの紹介で、老人専門のデイサービスセンターに勤め始めた。

その年の、十二月末だった。

私はその日、仕事帰りの道すがら目に入った、大衆食堂を訪れた。

「カツ丼の大盛りをください。あと、カレーうどんもお願いします」

縁の欠けたコップの水をごくりと呑み、鼻から太い息を吐き出す。母親を失った喪失感は、半年以上たっても癒えていない。その反動で激太りしていて、背は百六十もないくせに、体重は六十キロを優に超えている。いい歳《とし》して彼氏もおらず、年齢的には結婚して子供がいてもおかしくない。でも今を生きるのに精一杯で、先のことは考えられなかった。

「お待ちどおさま」

店の女性が、私のテーブルに料理を置いた。白髪《はくはつ》のその女性は、右足を引きずっている。レジの脇に折り畳み式の車椅子が置いてあることからも、足が悪いのだろう。

彼女を見ていると、亡くなった父親の姿が浮かび上がってきた。寝たきりの父親は、病気ながらに私を思いやってくれた。私が学校に行く時、いつも杖《つえ》を握って玄関口まで見送りにきてくれたのだ。

「ごちそうさまでした。今日もおいしかったです」

感傷的になっていたら、奥の席に座っていた男性が腰を上げた。紺のリュックを背負った彼は、カレーの皿が載ったトレーを厨房まで運んでいく。厨房ラックに引っかけられた布巾を手に取り、使用したテーブルを隅々まで拭き始めた。

「いつも、すまないね」

足の悪い女性が申し訳なさそうに言うと、いえいえ、と彼は顔の前で手を振る。出口に向かい始めた彼の顔を見て、カツ丼を食べる箸が止まった。健康的に日焼けした顔。子供のようなくりっとした目。

「もしかして、根本くん？」

口からご飯粒が飛んだが、そんなことはどうでもよかった。

「……樋口？」

頓狂な声を上げて、彼が大きな瞳を向けてきた。

しばらく目を合わせているうちに、自然と涙が込み上げてきた。面影どころか、当時見たそのままの姿が目の前にある。彼と初めて出会ったのは、今いるような食堂だった。その時、彼が自分にしてくれたことを思い出して胸がいっぱいになる。

情緒が不安定だったこともあって、涙腺の緩みが戻らない。

「何かあったのか、樋口。大丈夫？」

「ごめん……。いや、根本くん、何も変わってないなと思ってさ」

リュックのジッパーを開いた彼が、ハンカチを取り出した。大きく開いたサイドポケットの中に、スヌーピーの水筒が入っている。当時、彼が使っていたものだ。

「あれ、私、なんで涙が止まらないんだろ。でも、根本くんが昔と何も変わってないのが、すごくうれしくて」

二言三言交わしただけなのに、胸に強烈な安心感が沁み渡るように広がっていった。まぶたに浮かぶきらきらとした思い出の数々が、モノクロだった私の視界に色を与えてくれる。

「……私も、変わってないかな？」

何か明るい話題を、と考えた末に出てきた質問だった。すると微《かす》かに目尻を下げた彼が、「怒らないでよ、樋口。絶対に怒らないでよ」と前置きしてから告げた。

「正直に言うと、少し太ったかな」

こめかみを指でかきながら、彼はいたずらっぽく微笑んだ。つられるように、私も笑みをこぼす。

こんな穏やかな気分で笑ったのは、いつ以来だろう。ぼんやりとそんなことを考えながら、彼から受け取ったハンカチで濡れた頬を拭った。


根本くんとばったり遭遇してから三日後、私と彼はあの日と同じ食堂にいた。

「にしても、変わってないよね、根本くん。見た目も雰囲気も昔とおんなじ」

「かな。職場の人には、お前は子供っぽくて頑固だからいけない、ってよく怒られるんだけどね」

再会した日の別れ際に、連絡先を交換した。私がメールすると、今度食事に行こうとなった。お互いの家がこの食堂から遠くないこともあって、再びこの店を訪れた。

「根本くん、仕事は今、何をしてるの？」

私は、カツ丼の真ん中のカツにぱくりとかじりついた。目の前に男の人がいたら、普段はこんな豪快な食べ方はしない。口を窄《すぼ》めて女の子らしく食べるが、彼の前だと遠慮をしない自分がいる。

「僕は、南鎌倉駅そばのペットショップで働いてる。やっぱり、動物が好きでね」

彼は、高校卒業後にドッグトレーナーの資格を取得したそうだ。根本くんらしいな、と思う。

「ところで、シロはあのあと、どうなったのかな？」

この十五年、ずっと胸に引っかかっていたことを質問した。彼は小さく咳払いをし、声のトーンを落として言った。

「心配しなくても、シロはあのあと、僕の家が引き取ったんだ。残念ながら三年前に亡くなっちゃったんだけど、これでも彼女のことは幸せにしたつもりだ」

「……そう」

しんみりとしたけど、他でもない根本くんが飼い主になってくれたのだ。幸せな人生だったに決まってる。

「シロについて話したいことがいっぱいあるから、今度ゆっくり聞かせてあげるよ」

うれしくて、頬が緩んだ。残っていたカツ丼を一気にかき込む。

彼に色々と現状を尋ねていく中で、ひとつだけまだ訊けていない質問があった。会話をしながら探っていこうと思っていたが、薬指に指輪がはめられていないとはいえ、いまだに確信には至らない。仮にまだ結婚していなかったとしても、彼女がいる可能性もある。でも、もう回りくどいことはなしだ。

食べ終えた彼が箸を置くと、沈黙ができた。悟られないように小さく深呼吸し、彼を上目遣いで見据えた。

「あのう」

「あのう」

私と重なるように、彼も声を発した。照れくさそうな顔つきから、彼が何を言おうとしているか直感的にわかった。強気になった私は、「樋口が先に言ってよ」とお願いしてくる彼に「そっちこそ先に言ってよ男でしょ」と畳みかける。

「……いやあのう、樋口って、恋人いるのかな、と思って」

根本くんは、少年のように頬を赤らめている。「恋人」という古い言い回しがかわいくて、急激に緊張が解けた。

「いないよ、彼氏は」

プライドが邪魔して、ずっといないよ、とは言わなかった。根本くんはそんな私に、

「僕もずっといないんだ、恋人」と返してくる。僕「も」という言い方が少し気になったけど、話がいい方向に進んでいるのがうれしくて指摘しようとは思わない。

照れた根本くんは、そのあと何も言ってこなかった。落ち着きなさそうに、頻繁にコップに口をつけている。算段が少し狂ったけど、最後は彼を好きだという純粋な気持ちが私に口を開かせた。

「もしよかったら」

「もしよかったら」

また、同時だった。うふふ、と声を漏らした私に続いて、彼もふふと笑みをこぼす。そこから先はもう、お互い何も言わなかった。ただただ声を立てて笑い、こうして私たちは交際を始めた。


「お義母さん、カレーの味を見てもらえませんか？」

ルーを入れた小皿を差し出すと、唇をあてがったお義母さんが指でオッケーサインを作る。このカレーは、亡くなった私の母親が作り方を教えてくれた。

「僕も、味を見させてくれ」

奥の炬燵《こたつ》にいたお義父さんが、ダイニングにやってきた。レンゲで味見をしたお義父さんも、喜色満面で親指を立てる。

付き合い始めて二ヶ月ほどした頃から、根本くんの自宅を訪れるようになった。両親をともに失った私に、彼の両親は優しくしてくれる。お義父さんは定年退職しているので、毎日家にいる。四人で食卓を囲むことも頻繁にあった。

「根本くんも、味を見てよ」

炬燵で本を読んでいる彼に声をかけると、お義母さんが「あんたら、付き合ってんのにいつまで名字で呼び合ってんのよ」と顔をしかめる。「いいんだよ母さん、僕らはこれで」と根本くん。

ともにシャイなため、私たちはいつまでたってもお互いを下の名前で呼べなかった。でも、なんか自分たちらしくていいな、となった。昔もそうだったし、根本くん、樋口、でいこうと決めたのだ。

「うまい！　来月の僕の誕生日もカレーを作ってよ」

根本くんのその言葉に、私は会心の笑顔を見せる。

カレーのいい匂いに嫉妬したのか、外の犬がわんわんと吠え始めた。クロ、という名の雄の大型犬で、根本くんのしつけがいいのか、非常に人懐っこい。

「クロ、入っといで」

根本くんが玄関の扉を開けると、クロがダイニングに駆け込んできた。黒い毛を揺らし、自分にも食べさせろ、と後ろ足で立ち上がって私に飛びついてくる。

今というこの時間が、とてつもなく幸せなものに思えた。手で触れられるんじゃないかと思うほどの温《ぬく》もりに満ちていて、この幸せが永遠に続けばいいのに、と願わずにはいられなかった。


窓ガラスの向こうで、師走の激しい風が吹きつけていた。トレンチコートを着た人が、風から身を守るように肩をすぼめている。

「こちらは、本日のポワソンになります」

私の前に、無駄に大きな皿がすっと置かれた。

「ポワソンってのは、魚料理のことみたいだよ」

食べ方がわからずにおどおどしている根本くんに、小声で教えてあげた。と言っても、スマホで今調べただけだ。

今日は、私の三十二回目の誕生日だ。外食すると決まったが、根本くんは私を驚かせようと、予約していた店を教えてくれなかった。仕事終わりに南鎌倉駅で待ち合わせをし、歩いてやってきたのがこのフランス料理店だった。

　ドレスコードこそないものの、優雅な雰囲気漂う他の客と比べて私たちだけが浮いている。私も根本くんも、こんな高級店に来たことがない。無論、テーブルマナーも一切知らない。

「コースに、ワインがサービスで含まれていますが、いかがいたしましょうか？」

　黒いタキシードを纏った男性が、慇懃に腰を折って顔を向けてきた。私も彼も、お酒は呑めない。呑まなかったら、その分のお金は返してくれるんですか。喉元まで出かかったその言葉を頭から振り払い、「では、赤をコップに少しだけ」と見栄《みえ》を張る。

「グラスに少しだけで」

　その男性が、「グラス」と言い直してきた。妙な被害妄想もあって、バカにされているような気がしてならない。

　その時、根本くんがナイフを床に落とした。拾い上げようとする彼に、「こちらで拾いますんで」と近くの従業員が手で制してくる。語尾に棘《とげ》があった。まるで、あなたたち何も知らないんですね、と言わんばかりに。

　それ以降、一挙手一投足が見張られているような気がして、落ち着かなかった。

「じゃ樋口、あらためて誕生日おめでとう。かんぱ――い！」

私たちは、小田原に戻った。いつもの食堂で、オレンジジュースの入ったコップを突き合わせる。

「樋口、ホントごめん。せっかくの誕生日なのに申し訳ない！」

「いいよ、根本くん。でもやっぱり、似合わないことはするべきじゃないと思うな」

コップに唇をあてがい、眉をひそめる。

「智子ちゃん、お誕生日おめでとう。これ、サービスだから」

食堂のおばさんが、大皿に載った野菜炒《いた》めを出してくれた。頻繁に訪れているので、今ではもう顔なじみだ。

「樋口、遅くなったけどこれ、誕生日プレゼント」

前に座る根本くんが、大きな紙袋を差し出してきた。取り出して包みを開くと、黒いトートバッグが入っている。

少し前、彼と亡くなった両親の墓参りに行った。その際、バッグの肩紐《かたひも》が切れたのでデパートに寄ったが、手にするバッグはどれも高価で、買えずじまいだったのだ。

「こないだのバッグ、わざわざ買いにいってくれたんだね。高かったでしょ」

「気にしなくていいよ。あとこれ、スニーカーも」

彼はそう言って、もうひとつ紙袋を取り出した。

「君の履いてる靴、そろそろ寿命かなと思って。あとこれは、低反発クッション。最近、腰が痛いと言ってたから。それと、これ――」

立て続けに告げたあと、立方体のリングケースをテーブルに置いた。ロイヤルブルーの小ぶりなケースで、梱包《こんぽう》はされていない。わけもわからず少しずつ開くと、光沢のある生地の隙間に指輪が鎮座している。真ん中に大きなダイヤが輝く指輪が。

「樋口」

「……」

「僕と、結婚してくれないか」

真っ直ぐな言葉だった。前に私に告白しようとした時のような照れた様子はない。急すぎて、呆気に取られていた。喜びよりも先に、次第におかしさが込み上げてきた。だって、どこの世界に大衆食堂でプロポーズする人がいるというんだ。

でも私は、彼のこういう飾らないところが嫌いじゃない。というか、好き。誕生日だろうとプロポーズだろうと、私たちにはきっとこういう食堂がお似合いなのだ。

思えば、交際してもうすぐ一年になる。彼とこの食堂で再会してからの出来事が、時系列順にどっと脳内に流れ込んできた。

「……うん」

私は、恥ずかしそうにあごを引いた。照れを隠したくて野菜炒めに箸を伸ばすが、視界が滲《にじ》んでうまく取れない。

ようやく摑めた白いモヤシは、シャキシャキしていてとてもおいしかった。

プロポーズされて以来、私は幸せという名の衣に包み込まれているようだった。彼の隣にいると、いつも全身がふわふわと浮かび上がっているような感覚がある。

鎌倉に、春一番が吹いた日のことだった。

昼出勤だった私はその日、勤務先のデイサービスで普段通り仕事をしていた。来週半ばに、根本くんの誕生日がある。せっかくだし、普段とは違うカレーを作ってあげようかな。そんなことを考えながら、老人のお世話をしていた。

「今度、ウェディングドレスを見に行くんだって？　おばさんはうらやましいよ！」

食堂に続く廊下ですれ違った上司が、肩をぽんと叩いてきた。山田《やまだ》さんという方で、結婚が決まって以来、ことあるごとに私をイジってくる。

挙式は、六月三日に鎌倉のホテルで行われる。海沿いにあるチャペルは、二人で見に行って決めた。

婚約指輪は、まだ一度もはめていなかった。介護の職場に、さすがにダイヤの指輪をつけてくるわけにはいかない。ウェディングドレスを選びに行くその日に、初めて指に通そうと思っている。

「樋口さん、宇治木《うじき》さんがお見えになったみたい」

山田さんが私に耳打ちし、入口にばたばたと駆けていった。

宇治木さんは、初期の認知症だ。物忘れはまだひどくなく、自分だけで生活できる。でも二週間ほど前にお孫さんを亡くしていて、それ以来デイサービスを休んでいた。施設に現れた宇治木さんは、痩せ細っていた。顔全体が青白く、目は殴られたかのように落《お》ち窪《くぼ》んでいる。

山田さんが先導し、最奥の職員休憩室に宇治木さんを連れていった。中にいた職員に目配せすると、会釈しながら職員が出ていく。雑魚寝できる畳の上で、宇治木さんはあぐらをかいた。

「宇治木さん、何かお呑みになりますか？」

顔を寄せたが、反応がない。介護福祉士としてこういう時、どういう声をかけるべきなのか。自問自答していたら、宇治木さんがジャンパーのポケットから桃色の巻貝を取り出した。何かを思い出すように、小さなその貝をじっと眺めている。

「綺麗な貝ですね」

私は、微笑みかけた。

「……亡くなった孫との、思い出の品なんです」

絞り出すように、宇治木さんが口を開いた。

「孫が小学生の時に、貝殻を拾いに行きたいって言うから、一緒に江ノ島《えのしま》に行きました。とても優しい子で、二つ拾った桃色の巻貝のひとつを、私にくれたんです。わたしとおじいちゃんでペアだね、と言って。そんな優しい子がなぜ……」

目を潤ませてうなだれるその姿に、かける言葉が見つからない。

こういう時は、ひとりにしてあげるべきなんじゃないか、と思った。

「宇治木さん、またあとで来ますね」

そっと告げて休憩室を出ると、ロビーのほうが騒がしい。液晶テレビの画面上に電車が横倒しになっていて、集まってきた老人が釘付《くぎづ》けになっている。

「樋口さーん」

事務所に戻っていた山田さんが、スリッパを鳴らしながら廊下を曲がってきた。

「根本さんって女性から、電話がかかってるみたいよ」

お義母さんだろうか。職場に、お義母さんから連絡があるのは珍しい。不審に思いながら事務所に移動し、デスクの電話に出る。「はい、もしもし」

「ともちゃん、仕事中にごめん」

「どうしたんですか、お義母さん」

「今から言うことを落ち着いて聞いてね。慎一郎の乗っていた電車が、脱線したの」

「えっ」

「慎一郎の乗っていた電車が、脱線したのよっ！」

「ね、根本くんは大丈夫なんですか？　根本くんは無事なん――」

「とにかく、南鎌倉総合病院に、すぐに来て。じゃ」

受話器を戻すと、鼓動が徐々に速くなっていくのがわかった。じっとりと湿った冷たい不安が全身に張りついてくるのを感じながら、職員の人に促されてタクシーに乗り込む。

そしてこのあと、私は病院で根本くんの遺体と対面することになる。

私を包んでいた幸福感が、冷たい衣に取って代わった瞬間だった。


気持ちの整理もできないままに、根本くんの葬儀が終わった。

脱線事故から二週間が経過したその日、私と根本くんの両親は、鎌倉にある大型ホテルの一室にいた。昼過ぎから、事故を引き起こした東浜鉄道による被害者説明会が行われている。普段は宴会場として使用される広い部屋で、横一列に並んで座る経営陣と、ずらっと並べられたパイプ椅子に座る我々が向かい合っている。

「賠償金については、事故調査委員会の結論が出たら、きちんと対応いたします」

中央に陣取る東浜鉄道の社長が、事務的な口調で述べた。金さえ払えばそれでいいんだろ。そう言わんばかりの物言いに、かちんときた。

「金の問題じゃねぇんだよ！」

誰かが叫んだが、年かさの社長は顔色ひとつ変えない。「とにかく、今回の事故はうちの運転士が引き起こしたことだと思われますので」と、聞きようによってはむしろ自分たちが被害者であるかのような態度を取る。

今回の事故で、乗客百二十七名のうち六十八名が亡くなった。重傷者も四十名を超え、意識の戻らない被害者もいることから、死者は今後増えると予測されている。

そんな未曽有の大惨事なのに、反省の弁よりも妙な言い訳が多いことに終始苛立った。東浜鉄道は、当初から事故の原因は運転士のスピード超過だ、と説明している。しかし、説明会で被害者から事故発生の背景説明を求められると、「運転士本人が死亡しているので、現段階で詳細はわからない」「事故調査委員会の結論を待つ」などと口を噤《つぐ》んだ。

「あくまで個人的な意見ですが、犠牲者が乗客に限られたことは、不幸中の幸いだったと考えています」

途中で社長が悪気なく発したその言葉に、抑えていた理性がはじけ飛んだ。

「ふざけないでよ……」

私は、両手を強く握り締めた。

「ふざけないでくださいっ！」

何かに衝《つ》き動かされるように、さっと立ち上がった。

「人が亡くなった事故に、不幸中の幸いなんてありません。あなた方は、自分たちがしたことをちゃんと理解していますか？」

諭すように口にし、言葉に熱を込める。

「私は今回の事故で、最愛の婚約者を失いました。あなた方が奪ったのは、彼の命だけではありません。彼の未来も奪ったんです。そして未来を奪われたのは、彼だけではありません。私の未来に、彼はもういません。あなた方に、被害者遺族の未来を奪った認識はありますか？　黙ってないで答えてくださいっ！」

私は席を離れた。周りの制止を振り切って、居並ぶ経営陣に歩み寄る。

「答えてください！　答えてよ！　答えなさいよっ！」

泣き叫ぶ私の腕を、後ろからお義父さんが摑んだ。そのまま体を引き寄せて、私をぎゅっと抱き締める。

小刻みに震えるお義父さんの上半身は、異様なほどに汗ばんでいる。事故前よりも遥《はる》かに細くなっていることに気づいて、涙がより一層あふれた。


「智子ちゃん。カツ丼のご飯、大盛りにしといたからね」

いつも行く食堂のおばさんが、私のテーブルにそっとトレーを置いた。「元気出してね」と肩に手を添える彼女に、硬い笑顔を向ける。

脱線事故からこの二ヶ月、私は自宅で塞ぎ込んでいた。四月の末にようやく職場に復帰できたが、勤務中も精神安定剤が手放せない。何かの拍子に鬱屈とした感情に襲われ、急に生きるのが嫌になってくる。

食欲も、全くない。ふーっと疲れを吐き出すように息をつき、力なくわりばしに手を伸ばした時だった。

「西由比ヶ浜駅の幽霊の噂、知ってる？」

空席を挟んだひとつ向こうのテーブルから、妙な会話が聞こえてきた。

「知らない。何それ？」

「こないだ、鎌倉線で脱線事故があったじゃん。最近、事故のあった西由比ヶ浜駅に、深夜に出るんだって」

「何が？」

「幽霊が」

食事を終えた若い女性二人が、向かい合って話している。

「わたしの職場に、今回の事故で家族を亡くした人がいるんだけど、その人が深夜の西由比ヶ浜駅に女の幽霊がいるのを目撃したんだって」

「嘘《うそ》っ？」

「その人以外にも、深夜の鎌倉線を半透明の電車が走り抜けるのを見た人とか、中にはその幽霊電車に乗った人もいるとかで、わたしの周りで結構噂になってる」

「それってもしかして、鎌倉生魂神社が関係してるのかな？」

「かもね。脱線した電車は、生魂神社の鳥居に接触したみたいだから。昔からあの神社はヤバい、って言うしね」

カツを摑もうとしていた箸が、止まった。鎌倉生魂神社——。南鎌倉にある小さな神社で、亡くなった人の魂が生きたままそこに残るという伝説がある。幽霊の目撃談が絶えず、その手の噂は子供の頃に何度も耳にしたことがある。

今の私にとって、この話は簡単にスルーできない。

もしかして、根本くんに会えるのでは――。

私は藁《わら》にもすがる思いで、このあと西由比ヶ浜駅に行ってみることにした。


「お客さま、零時なんでそろそろ閉店になります」

マグカップに残ったココアを呑み干し、カフェを出た。視線の少し先に、住宅地に挟まれるようにして駅のホームがある。駅南側の住宅街を越えた先には由比ヶ浜《ゆいがはま》があり、耳を澄ますと微かに波の音が聞こえる。

脱線事故以来、鎌倉線は事故の現場検証が済んだ現在でも、上下線ともに運行を停止している。私は小田原からここまで、タクシーでやってきた。

凛《りん》とした静けさの中、踏切《ふみきり》の脇にあるベンチに腰を預けた。長いプラットホームをまじまじと見るが、女の幽霊などいない。ただの噂だったのだろうか。

一時になって何もなかったら帰ろう。そう決めた矢先のことだった。一駅前の茅ヶ《ちが》崎海岸駅《さきかいがんえき》のほうから、黒い車体が線路を進んできた。闇と同化するように走行し、その姿を大きくしながら西由比ヶ浜駅に接近してくる。私は目を疑った。うっすらと透けるその車体の中に、大勢の人が乗っていたからだ。

胸の動悸《どうき》が速まるのを感じながら、開いたままの改札ゲートを抜ける。誰もいないホームに足を踏み入れると、その電車は甲高いブレーキ音を残して停車した。

「この電車はね、脱線事故に強い思い入れのある人にしか見えないの」

ホームの奥から、若い女性が一歩ずつ近づいてきた。

「走行する音も、事故に強烈な思いを抱いている人にしか聞こえない。あなたには、この電車の存在がわかるみたいね」

私の前で立ち止まった彼女が、切れ長の目を向けてきた。上背があるので、腕を組んだ立ち姿は力強い。

「……あなたは、幽霊なの？」

不審そうな顔をすると、「ええ、そうよ」と彼女は長い前髪を手でかき上げる。

「名前とかは、あるの？」

「名は、雪穂。見ての通り、女子高生よ」

彼女は、制服らしきものを纏っている。長袖の白いブラウスの襟元に、薄紫のリボンを結んでいる。スカートはリボン同様の色柄で、丈は短い。そこからすらりと足が伸びていて、その美しさから不思議と恐怖を感じない。

何から質問しようかと考えあぐねていたら、停車していた電車がじりじりと動き始めた。雪穂と名乗ったその女性は、電車の進行方向を眺めながら独りごちた。

「この電車は、西由比ヶ浜駅を通過すると、しばらくして消えてなくなる」

彼女のその予言から数分後、線路の遥か向こうから轟音《ごうおん》が響き渡ってきた。

「……どういうこと？」

顔を近づけると、雪穂さんは私にすっと目をやった。

「回りくどいのは嫌いなんで、簡単に説明するね。今この駅を通過したのは、今年の三月五日に鎌倉線で脱線した電車そのものよ。そしてあなたは、この電車に乗ることができる」

「えっ」

「あなたはその日その電車に乗っていた人に、会えるの」

「……亡くなった人に会えるの？」

「そう。ただし、その電車に乗るためには、ルールが四つあるの」

彼女はそう言って、四つのルールを口にした。

・亡くなった被害者が乗った駅からしか乗車できない。

・亡くなった被害者に、もうすぐ死ぬことを伝えてはいけない。

・西由比ヶ浜駅を過ぎるまでに、どこかの駅で降りなければならない。西由比ヶ浜駅を通過してしまうと、その人も事故に遭って死ぬ。

・亡くなった被害者に会っても、現実は何ひとつ変わらない。何をしても、事故で亡くなった者は生き返らない。脱線するまでに車内の人を降ろそうとしたら、元の現実に戻る。

説明されて、幾つか疑問が湧いてきたが、特に気になったのは最後のルールだ。亡くなった被害者に会っても、現実は何ひとつ変わらない。何をしても、事故で亡くなった者は生き返らない――。

「この四つのルールを守れるなら、明日の深夜にでも被害者が乗った駅に行きなさい。さっきの電車がホームにやってくるから」

雪穂さんは腕を組み直し、「じゃ」と手を挙げてぱっと消えた。幽霊然とした立ち去り方に、これまでの話に信憑性《しんぴょう》が増す。

私に、迷いはなかった。現実が何ひとつ変わらなくてもいい。根本くんが生き返らなくてもいい。私はもう一度、彼に会いたい。

翌日。深夜一時。

私は、事故の際に根本くんが乗った、小田原城前駅に出向いた。私も普段利用している最寄り駅なので、道に迷うことはない。

駅一帯に、人の気配はない。改札口からホームに侵入し、気持ちを落ち着かせようと、医者に処方してもらった錠剤を呑もうとした時だった。

ページをめくるように、さーっと周囲が明るくなった。

私の隣に、いつのまにか見知らぬ中年女性が立っていた。向かいのホームには、下りの列車を待つサラリーマンが大勢いる。左腕にはめた時計は、十時四十四分を表示している。そこは事故当日の、朝のプラットホームだった。

線路の向こうから、電車の規則正しい振動音が響いてきた。

「えー、小田原城前、小田原城前」

呑気《のんき》なアナウンスと同時に、昨夜見た黒い車体がブレーキの余韻を残してホームに停車した。ぷしゅうと扉が開く。

信じがたいことの連続に茫然《ぼうぜん》としていたら、紺のリュックを背負った小柄な男性が改札口を抜けてきた。

「根本くん……」

私は彼にバレないよう、咄嗟《とっさ》にバッグで顔を隠した。根本くんは私に気づかず、六両編成の二両目に乗った。私は彼とひとつ離れた扉から車内に身を滑り込ませる。

電車の車輪が、緩やかに回転し始めた。外の車体は透けているが、車内は普段乗る電車と同じだ。横長のロングシートにも、対面式のボックスシートにもきちんと色味があって、現実世界のそれだ。

しかし、報道で言っていた事故時の乗客数より、車内にいる人は少なく感じる。このあとの駅から乗車してくる人もいるのだろうが、二両目には二十人もいない。事故で生き残った人は、この幽霊電車にはいないのだろうか。

連結部そばのボックスシートに、根本くんがいた。でも、感傷的になっている暇はない。「えー、次は前川《まえかわ》、前川」と車内アナウンスが流れたのを確認して、考えていた作戦を実行する。

「根本くん、降りるよ！」

前川駅に着いて扉が開いた瞬間、彼の前に走り寄った。「樋口……」と驚く彼をよそに、強引に立たせて扉の外に引っ張り出す。

ところが降車して扉が閉まるやいなや、明るかった空が急速に暗くなった。幽霊電車は消え去り、隣にいた根本くんもいなくなっている。

「車内の人を降ろそうとしたら、元の現実に戻るって言わなかったかしら」

啞然《あぜん》とする私の後ろに、いつのまにか雪穂さんがいた。

「みんな、そうなのよ。わたしが言ったルールを疑い、電車を降りれば助かるかもと思って被害者を降ろそうとするの。でも、残念ながらそれは無理なの」

「……」

「もう一度、言うね。亡くなった被害者に会ってもその人は生き返らないし、現実は何ひとつ変わらない。それでもいいなら、この電車に乗りなさい」

彼女は居丈高に述べて、力強く腕を組んだ。そして、「それと」と付け足してから、最後にこう告げて消え去った。

「幽霊電車の車体は、日に日に薄くなってきている。おそらく、今からそう遠くない時期に天に召される。チャンスはもうあまりないと思ってね。じゃ」

床に寝そべっていたクロが、むくりと体を起こした。私の太ももに、あごをちょこんと乗せてくる。クロの頭をすりすりと撫でながら、錠剤を水で喉に流し込む。

私は、根本くんの家にいた。誰もいないダイニングで、雪穂さんに昨晩言われた言葉を思い出す。

――亡くなった被害者に会ってもその人は生き返らないし、現実は何ひとつ変わらない。それでもいいなら、この電車に乗りなさい。

当初と違い、彼と会っても苦しむだけなんじゃないか、と思うようになっていた。再会したところで、どうなるわけでもない。そもそも、会って何を話すというのだ。

雪穂さんは、幽霊電車の二つ目のルールとして、「亡くなった被害者に、もうすぐ死ぬことを伝えてはいけない」と言った。もしこれから死ぬことを伝えていいなら、もう一度会って別れの言葉のひとつも言えるだろう。しかし、それはできないのだ。

「ただいまー」

テーブルに頬杖《ほおづえ》をついて考え込んでいたら、お義父さんが戻ってきた。「日曜日だから、道が混んでたよ」と私の前に座る。

「ともちゃん、お昼、ちゃんと食べたの？」

遅れて戻ってきたお義母さんが、お義父さんの隣に腰を下ろした。

「はい。おいしかったです」

「……そう」

お義母さんは短く返事し、足元に大きな紙袋を置いた。本当は食欲がなくて、お義母さんが作ってくれたシチューには手をつけていない。でも、二人とも私の嘘を見抜いているようだ。それは私を眺める、探るような視線を見ればわかる。

「……事故以来、ずっとバタバタしててちゃんと言えなかったけど」

スーツの上着を脱いだお義父さんが、話を向けてきた。

「この先も、ともちゃんはずっと僕らの娘だからね。だから、何も心配しなくていい。困ったことがあったら、親の僕らをいつでも頼ってほしいんだよ」

お義父さんの話が区切られるのを待っていたかのように、お義母さんが続いた。

「私のほうからも、ちゃんと伝えておくね。あんたは、誰がなんと言おうと私の娘。亡くなったご両親には悪いけど、あんたは私たちがもらう。昨晩二人で話し合ったんだけど、ともちゃん、よかったらうちで暮らさない？　私たちもこの歳だし、いてくれたら助かんのよ。私たちが認知症になったら、あんたお世話してよね」

お義母さんはそう言って、人懐っこい笑みを浮かべた。

二人は今日、鎌倉にある弁護士事務所を訪れていた。ついて行くと申し出た私を、二人は来させなかった。事故絡みのややこしい件は自分たちがやるから、と言って。

お義母さんが足元に置いた紙袋に、見覚えがあった。東京《とうきょう》にあるかぼちゃプリンを売っている店の袋で、二人の前でその店のプリンが好きだと話したことがある。私のために、わざわざ東京に出て買ってきてくれたのだ。

私が精神科に通い始めた頃、二人は病院に付き添ってくれた。ロビーで診察を待っていた際、お義父さんが私にかけてくれた言葉が今でも忘れられない。

「ともちゃん、心を病むのは真面目に生きてる証拠だよ。適当に生きてるやつは、絶対に病んだりしない。君は、ひとりの人間を真剣に愛したがゆえに心に風邪を引いた。メンタル疾患は、裏を返せば誠実さの証《あかし》だ。僕はそれを誇っていいと思うんだよ」

私は、この素敵な両親に感謝しなければならない。そして、根本くんにも。

私の人生を光で照らしてくれたのは、いつだって根本くんだった。私は彼に、最後に面と向かってありがとうという言葉を伝えなければならない。

でも、病み切った今の私が、彼を前にして冷静でいられるだろうか。

ふと、雪穂さんが示した、幽霊電車の三番目のルールが頭をかすめた。

――西由比ヶ浜駅を過ぎるまでに、どこかの駅で降りなければならない。西由比ヶ浜駅を通過してしまうと、その人も事故に遭って死ぬ。

私は、体の深いところから息を吐き出した。様々な思いを抱いて、もう一度あの電車に乗ることにした。

「えー、小田原城前、小田原城前」

プラットホームに、車体の透けた電車が到着した。空気が抜けるような音を立てて、黒い扉が開く。

ベンチに腰掛ける私の前を、リュックを背負った彼が急ぎ足で通り過ぎる。二両目の扉に駆け込むのを見て、私も同じ扉から中に入る。

彼は、三両目との連結部そばのボックスシートに腰を下ろした。足元にリュックを置き、窓の縁に腕を載せて外の景色を眺めている。

少し離れたところで、彼の横顔をしばし見つめた。西由比ヶ浜駅までは、四十一分しかない。一秒たりとも無駄にできないが、目を逸らせなかった。その横顔は、デートの時にいつも隣で見ていた表情だったから。

手をつなぎながら仰ぎ見る、幼さの残る横顔が好きだった。彼の対面に座ると、この横顔はもう二度と目にできない。

「……根本くん」

扉が閉まったのを見て、私は声をかけた。

「樋口……」

「ちょっと、野暮用があってね」

私は伏し目がちに告げて、根本くんの前に座った。

戸惑いで、目を合わせるのに躊躇《ちゅうちょ》があった。足元に置いたトートバッグに手を突っ込み、探し物などないのに何かを探すフリをして少しでも気分を落ち着かせようとする。

彼にバレないよう小さく深呼吸し、少しずつ顔を上げていった。だが、真正面から彼の顔を見た瞬間、話そうと思っていたことが全部飛んだ。

脱線事故からこの二ヶ月、毎晩夢に出てきた顔が、息が届く距離にある。

頭が真っ白になって、言葉が出てこない。

腕時計に目をやると、乗車してもう五分近く経過している。あと三十分と少しで根本くんとお別れすることを想像したら、視界が滲み始めた。

私は、両手で顔を覆った。受け入れようとしていまだに受け入れられなかった現実が、この期に及んでもまだ受け入れられない。

「ごめんなさい。ごめんなさい……」

喉を振り絞って出した声が、震えていた。終わることを知らないように、目の奥から涙があふれ出てくる。

そんな私を、根本くんはしっとりとした目で見ていた。根本くんは、「どうしたんだ？」とは訊いてこない。彼はいつだってそうだ。私が取り乱していたら、事情を尋ねる前に私が落ち着くまで待ってくれる。

彼は、私が今置かれている状況など知る由もない。でも、十キロ近く痩せたこの体だ。普通なら、なんで急に痩せたんだと困惑するはずだが、そんな様子は一切見せない。見守るような目をして、私が泣《な》き止《や》むのを待ってくれている。

「ごめんね、根本くん。結婚が近づいてきて、情緒が少し不安定で……」

もっともらしいことを言って、バッグに手を突っ込んだ。ハンカチを渡そうとしてきた彼を手で制し、ハンドタオルを取り出して目元を拭う。

泣いたことで、胸に溜まっていたものを少しだけ吐き出せた。

重い空気を変えようと、頭を巡らせて会話の糸口を探す。根本くん、来週誕生日だね。ようやく閃《ひらめ》いたその言葉を、すんでのところで呑み込んだ。彼が明日を迎えることはもうないのだ。

「……それにしても、いい眺めだよね」

沈黙を終わらせるように、根本くんが大きく伸びをした。

「僕は昔から、この電車から海を眺めるのが好きでね」

表情をぱっと輝かせて、窓の外に視線を移した。住宅地の向こうに、真っ青な相模湾が広がっている。

「子供の頃からこの電車に乗ってるけど、遠目に海を見ながら考えごとをするのが好きなんだ。無限のような広がりが自分の未来にもつながってるようで、見てると勇気が湧いてくる。海は、いいよ。本当に、いい」

電車が、小磯《こいそ》駅に停車した。海辺から風が連れてきた、微かな潮の匂いを残して扉が閉まる。

「……根本くん、ひとつ、訊いていいかな」

気分が和らいできたこともあって、言葉がすっと口を衝いて出た。

「自分から質問するのは、恥ずかしいんだけど」

「どうしたの？」

「いや、その。だからその、根本くんは、私のどこを好きになったのかな、と思って」

今まで、ずっと訊けなかった。容姿も含めて、私は自分に自信がないから。

根本くんは、口元を綻ばせた。照れる様子もなく、どこか誇らしげに答えた。

「君の魅力はたくさんあるんだけど、僕はなにより、君といると楽しいんだよ。話している時もそう。ご飯を食べている時もそう。クロと遊んでいる時もそう。君と一緒に過ごす時間は、僕はいつだって楽しいんだ」

「……」

「それと、いつも行く食堂でカツ丼を注文するところが好き」

「えっ」

「だって普通、女の子は恥ずかしくてカツ丼なんて注文しないだろ。僕は君が無遠慮にカツを頬張る姿を見るのが好きでさ」

「だったら言わせてもらうけど、根本くんだってお箸の持ち方ムチャクチャじゃない。私が教えてあげても全然直らないじゃない」

口を尖《とが》らせると、根本くんは困ったように頭をかいて笑っている。

悪態をつきながらも、本音ではうれしかった。私への眼差しが、とても根本くんらしい気がして。

「君は、昔から自然体なんだ。これからもそれは、ずっと変わらないでね」

「……もし、さ。もしも、だよ」

会話の流れに乗じて、前もって決めていた質問を振ることにした。勇気のいる問いかけにためらいがあったが、一呼吸置いてから話を向けた。

「この先、もし根本くんが死んで、私も死ぬって言ったらどうする？」

この幽霊電車では、相手にもうすぐ死ぬことを伝えてはいけない。この言い回しなら大丈夫だろう、と考えた。

どうしても聞きたい質問だった。作戦が功を奏したのか、昨晩のように電車は消え去らない。押し黙った彼に、話を続ける。

「あくまで、仮定の話だよ。冗談と思って聞いてほしいんだけど、もし根本くんが死んで」

「許さない」

「……」

「絶対に、許さない」

即答だった。

「君を、絶対に許さない」

「…………」

殴りつけるような語気に、背筋がびくんとなった。先ほどまでの柔和な視線とは一転して、私を睨みつけている。根本くんのこんな姿を目にするのは初めてだった。

「樋口」

彼はそっと私の名を呼び、強張った表情を崩した。

「僕が君に望むことは、ひとつだけなんだよ」

「……」

「僕は、君が幸せでいてくれたらそれでいい。楽しそうに犬と遊んで、おいしそうにカツ丼を頬張って。僕は、君にはずっと笑っててほしいんだよ。十年後も。二十年後も。おばあちゃんになっても、ずっと。ずっと」

「………」

速度を緩めた電車が、茅ヶ崎海岸駅に到着した。見覚えのあるプラットホームに、記憶の扉がぱかっと開く。

根本くんと交際を始めた頃、私はデイサービスの仕事で悩んでいた。休日だったある日、鎌倉で根本くんと食事したあと、二人で小田原に戻るために電車に乗った。食事中も、帰宅の電車の中でも、彼はずっと私の悩みに耳を傾けてくれた。

私は翌日、茅ヶ崎海岸近くの福祉施設に手伝いで呼ばれていた。早朝からの仕事だったので、海岸近くのホテルを予約していた。茅ヶ崎海岸駅に到着し、根本くんに手を振って別れたあと、ホームのベンチに座ってうなだれていた。翌日の仕事を想像すると、ホテルに戻る気がしない。

ベンチから動けないでいたら、突然、肩を叩かれた。顔を上げると、隣に根本くんが座っている。

「根本くん、なんでここにいるの？」

「やっぱり、ひとりにしておけないから」

彼は次の駅で降りて、わざわざ引き返してくれた。おそらく、発車した電車の中からベンチで俯く私の姿が見えたのだろう。そのあと、彼は終電がなくなるまで私の話を聞いてくれたのだ。

「……根本くんは、どうしてそんなに、私に優しくしてくれるの？」

電車が次の西由比ヶ浜駅に向かって進み始める中、私は訊いた。

「決まってるじゃないか、そんなの」

彼はそう言って、目元にわずかな笑みを滲ませて言葉を紡いだ。

「君だからだよ」

「……」

「樋口だからだよ」

「…………………」

時計の針が、ぴたっと止まるような感覚があった。

少し遅れて、広がっていくように胸がいっぱいになった。

彼は、どれほど私を想《おも》ってくれているのだ。

私は、とりたてて、かわいいわけではない。スタイルがいいわけでもない。お金をたくさん持っているわけでもない。

そんな私を、彼は選んでくれた。

愛してくれた。

守ってくれた。

彼を想う時、いつだって最初に思い浮かぶのは、かけうどんを頼んだ私の隣に来てくれたことだ。

貧しかった私を、彼は圧倒的な優しさで包み込んでくれた。何かと世知辛い世の中で、あれほど人を思いやれる人間がどれだけいるというのだ。

今でも、毎日のように思い出す。

大雨の日に、森の中でシロと対峙《たいじ》したことを。

増水していく湖で、彼を引っ張り上げたことを。

胸を熱くする記憶のどのページにも、彼がいる。

私の人生の輝きは、根本くんがいたからこそなのだ。

「えー、次は、西由比ヶ浜、西由比ヶ浜」

車内アナウンスをどこか遠くで聞きながら、バッグからリングケースを取り出した。

「根本くん、さ。今日、私。私……」

言葉に詰まったが、自らを鼓舞して彼を見据える。

「私……指輪を持ってきたんだよね、今日。根本くんの前で、まだ一度もつけたことなかったから」

私は、ケースから指輪を取り出した。自分の指にはめようとしたら、根本くんがすっと指輪を取り上げた。

「………」

黙りこくる私の左手を、彼はそっと摑んだ。何も言葉を発することなく、手にした指輪を薬指に少しずつ通してくる。

瞳を包んでいた潤みが、押し出されるようにして静かにこぼれた。

葉から、雨粒が垂れ落ちるように。

綺麗な筋が、ゆっくりと両頰に伝っていく。

根本くんと、唇が重なっていた。

柔らかな唇に触れていると、言葉では決して伝わってこない何かで体中が満たされていく。

電車が、急激に減速し始めた。

鼻の奥に溜まった涙を呑み込み、断ち切るように彼から唇を離した。席を立ち、扉の前に移動して彼に背中を向ける。もう一度彼の顔を見たら、電車を降りられなくなると思ったから。

だけど、最後に伝えなければならない。感謝の言葉を。

彼にきちんと、ありがとう、と。

鉄の車輪が、じりじりと動きを止めていった。

意を決して、彼に振り向こうとした。

言いかけて、ぐっと言葉を呑み込んだ。

言えなかった。

最後にありがとうと言えば、彼と正式にお別れすることになる、と思ったから。

「根本くん――」

脱線事故以来、泣いて、泣いて、泣き明かした末に、胸に最後に残った感情。それは、感謝の気持ちではなかった。

ありがとう、は言えない。

さようなら、は言えない。

だって、私は――。

だって私は、根本くんが好きだから。

「根本くん」

扉が、開いた。

指で涙をさっと拭き取った。

私は振り返り、精一杯の笑顔を見せて言った。

「根本くん、来週の誕生日、カレー作るね」

海を背にしたガラスのチャペルに、長いバージンロードが敷かれている。ガラスの向こうから、きらきらした自然の光が射《さ》し込《こ》んでくる。

幽霊電車に乗った翌日、私は結婚式を挙げる予定だった鎌倉のホテルを訪れた。挙式は二ヶ月前にキャンセルしてあるが、最後にもう一度だけ式場を見ておきたいと思ったのだ。

「樋口さま？」

チャペルから本館に戻る渡り廊下で、若い女性に声をかけられた。今回の挙式を取り仕切ってくれていた、ウェディングプランナーだ。

「この度は、大変ご愁傷さまでした」

こちらが恐縮するぐらい、彼女は深々とお辞儀をしてきた。

「根本さまとの挙式を執り行えなかったこと、プランナーとして、またひとりの女として大変心苦しく感じております」

「いえ、こちらこそご迷惑をおかけして、申し訳ございませんでした」

初めてこのホテルを訪れた時から、彼女は親身になって私たちの相談に乗ってくれた。式はできなかったものの、私としては非常に感謝している。

「それと、これは樋口さまにお話しするべきか、ずっと迷っていたのですが」

彼女は、顔に苦渋の色を滲ませた。

「実は、披露宴で流す動画の編集を、根本さまに頼まれていたんです。サプライズで流す予定でしたので、樋口さまにはご内密に、ということでした。私としても守秘義務がありますし、あんな事故があったとて、簡単にお伝えするわけにはいかず……」

彼女はそこまで話し、映像はすでに完成しているのですが、と続けた。意味ありげに押し黙った様子から、私からの申し出を待っているのが見て取れる。

「観せてくださいっ」

お願いすると、彼女は「かしこまりました」と頭を下げた。彼女の取り計らいで、根本くんと披露宴をする予定だったセレモニーホールで鑑賞することに。

彼女に誘導されて、セレモニーホールの中に足を踏み入れる。百五十人は入れるであろう、だだっ広い部屋だ。テーブルは配置されていないが、翌日に披露宴で使用するのか、ホテルの従業員が隅で装花や座札の準備をしている。

「どうぞ、こちらにお座りください」

従業員の男性が、ホール中央に円卓を運んできてくれた。お礼を述べて椅子に腰掛けると、プランナーの女性が卓上でハーブティーを淹《い》れてくれた。

「それでは、始めますね」

彼女の合図で、場内が暗くなった。ホール前方に、天井から大きなスクリーンが下がってくる。

『樋口へ』

真っ白なスクリーンの中央に、手書きの題字が浮かび上がった。その文字と入れ替わるように、やがて広大な森の全景が映し出される。

一匹の白い犬が、森の中を駆け回っていた。

森の斜面を。

湖のほとりを。

そして、あの丘を――。

スクリーンに映されたのは、根本くんが高一の時に撮影したシロの動画だった。高校生の私が、リードを手にシロを散歩させている。湖を背にしゃがむ私の口元を、シロがペロペロと舐める。シロにファーストキスを奪われた、とはにかむ私。丘の芝生で、両手を頭の後ろに回した私がシロと寝転んでいる。樋口、もっと笑ってよ。彼の注文に応えて、ピースをして満足そうに微笑む私。

映像の中の私は、どれも笑っている。

楽しそうにしている。

幸せそうにしている。

いや、幸せだった。

テンポよく移り変わる画面に、釘付けになった。映像が進むにつれて、乾き切っていた心が染みていくように潤っていく。

森の中の映像が終わって、根本くんの家が映し出された。家の庭で、高校の制服を着た根本くんがシロにフリスビーを投げている。「どこに投げてんのよ、慎一郎」と、カメラを回すお義母さんの声が入る。

突然、黒い小犬が根本くんの足元に映り込んできた。「クロもフリスビーやるか？」と彼がしゃがむと、黒い小犬はうれしそうにしっぽを振り始める。

　ズームしたその小犬の映像に被《かぶ》せるように、根本くんの声がナレーションで入った。

「クロは、シロの子供です」

　私は、息を呑んだ。

「君を驚かせようとして、ずっと黙っていたんだ」

　根本くんはそう言って、経緯を説明し始めた。

　あの森には当時、シロの他に黒い犬がいた。シロと仲が良く、恋人のように一緒によく歩いていた。根本くんが飼っているクロは、シロが産んだ子供だったのだ。

　シロとクロが遊ぶ映像に載せて、根本くんは言葉を続けた。

「君が岡山に転校すると知ったあと、冷たくしてごめん。あの時の僕にとって、君を失うことはどうしても受け入れられなかったんだ。面と向かって、別れの言葉を言えなかった。君が小田原の町を離れる最後の日、僕はあの森には行けなかった。今考えると、ずいぶんと子供みたいなことをしたと思う。本当にごめん」

「シロが僕らに懐くようになっても、僕はシロを家で飼おうとは思わなかった。シロを飼うと決めたのは、君がいなくなってからだ。シロをすぐに引き取ったら、あの森でもう君に会えなくなると思ったんだ」

「君とあの森で出会ってから、僕はずっと君が好きだった。高校を卒業しても地元を離れなかったのは、もしかすると君にまた会えるかもしれない、と思ったからだ」

映像が終わりを迎える中、彼は最後に、私に直接告げるようにこう言った。

「この披露宴が終わったら、二人であの森を見に行こう」


薄黒く濁ったドブ川の中を、スニーカーのままぴちゃぴちゃと進んでいく。絡まってくる水草の感触に、覚えがある。左右にあるマンションも、当時のままだ。

「そんなに急がないでよ、クロ！」

先を進んでいたクロが、用水路に架かる橋の前でこっちを振り返っている。早く来いよ、と急《せ》かすように激しくしっぽを振って。

根本くんの動画を観てから三日後、私はクロを連れてあの森を訪れた。

分け入る森の中は、驚くほど何も変わっていない。湖のそばにあった木造の小屋も、昔のままだ。

クロに導かれるように、森の丘に足を踏み入れた。

見晴らしのいい立地。艶のある丸太の椅子。そして、生え揃った真緑の芝生。

「ここも、変わってないね」

クロが芝生に横になったのを見て、隣に大の字になって寝転ぶ。

天を仰いでいると、私の父親が亡くなった時、この丘で根本くんが私にかけてくれた言葉が頭の中を駆け巡った。

——君のお父さんはいなくなったけど、お父さんの分身である君は生きている。だから君が喜べば、お父さんもきっと喜ぶと思う。君の幸せが、そのままお父さんの幸せになると思うんだよ。血のつながりというのは、そういうことだと思う。

丘の上を、クロが嬉々《きき》とした表情を浮かべて駆け回り始めた。

私は、思った。

シロの血を、亡くなったシロも喜ぶ。

クロが喜べば、クロが継いだ。

そして、私のお腹の中の子が喜べば、根本くんもきっと喜んでくれるだろう、と。

一昨日、体調を崩して病院に行ったら、妊娠していると告げられた。

お腹の子を幸せにするのが、根本くんを幸せにすることだ。思えば彼は、私の人生の危機に、いつもそばにいてくれた。父親が亡くなった高一の時、母親が亡くなって落ち込んでいる時、そして今、彼が死んで人生最大の危機を迎えているけど、私のお腹の中には赤ん坊がいる。また根本くんが私を助けてくれた。彼はいつだって私に未来をくれる。

月末にはアパートを引き払い、彼の実家で暮らし始める。彼の両親とともに、必ずこの子を幸せにする。

私は体を起こし、トートバッグから水筒を取り出した。形見分けでもらった、スヌーピーの水筒だ。

コップに注いだ麦茶を呑み干すと、目から一筋の涙がこぼれ落ちた。

木々の隙間から、日が差し込んできた。空から何かを伝えるように、柔らかい光が私を包み込んだ。

第二話　父へ。

テーブルの外壁に反射したパックが、自陣のゴールボックスに飛び込んできた。頭上のスコア表示が、八対八から八対九に変わる。

「あぁ、チキショー！」

ペアを組む畠山《はたけやま》さんに見せつけるように、手にしたマレットを盤上に放り投げた。でも、内心では一ミリも悔しがっていない。というか、勝ち負けなんてどうでもいい。チューターの畠山さんに、自分はこのエアホッケーに本気で取り組んでいる、と思わせるのが目的だ。

取り出し口にリターンされたパックを、盤上に置いた。噴き出す空気で浮かび上がるパックにマレットをぶつけたが、勢いがつきすぎてテーブルの外に落下してしまう。

「あ、すいません！」

頭をかきながら、ボウリング場のほうに転がっていったパックを拾いにいく。早く家に帰りたかった。一緒にいて気疲れする人とやるエアホッケーなんて、楽しいわけがない。しかも対戦相手は、取引先のメーカーのお偉いさんだ。畠山さんと組んでる時点できついのに、色々と気を遣いすぎて生きた心地がしない。

拾ってきたパックを、貸せ、とばかりに畠山さんがひったくった。俺が嫌いなことをあからさまに伝えてくるかのような態度だ。

盤上にパックを置いた畠山さんが、右サイドの外壁に視線を据えた。そこから反射させるかと思いきや、突如上体をひねってマレットの軌道を変える。放たれた真っ直ぐなスマッシュが、敵陣のゴールボックスに突き刺さった。

「やったー！」

自陣のスコアが九に変わったのを確認し、畠山さんよりも先に雄たけびを上げた。

「素晴らしいフェイントですね！」と、思ってもいない賛辞を口にする。畠山さんは、口元に笑みを滲ませた。だが、黒縁眼鏡の向こうの目は笑っていない。つまんねぇ媚《こび》を売ってきやがって、と顔に書いてある。

「マッチポイント！　熱戦ですね、ここは！」

隣で一足先に対戦を終えたメンバーが、テーブルを取り囲んできた。会社の同じ部署に配属された、同期の新入社員六人だ。

急に、緊張で顔が引きつってきた。社会人になってこの二ヶ月、失敗の連続で注目を浴びるのがトラウマになっている。

同期に見られていると思ったら、右手が震えてきた。マレットに力が入り過ぎて、ガードしたパックがテーブルの外に落ちた。全員の視線が張りついてくるのを感じながら、パックを拾い上げる。

俺は、開き直った。力任せにマレットで打ち込むと、放たれたパックは綺麗な軌道を描いて敵陣のゴールボックスに飛び込んだ。

「よっしゃー！」

大勢いるところで結果を出せたのがうれしくて、本心からガッツポーズをした。同期のメンバーはみんな、拍手をしてくれている。

でも、畠山さんだけは違った。

「ちょっといいか、坂本《さかもと》。みんなもこっちに来い」

取引先の二人がトイレに行ったのを見て、畠山さんがボウリング場の階段に俺たちを呼び寄せた。

「あのな、坂本。これ、接待だよな？」

「……はい」

「接待ってのは、先方を楽しませるのが目的だよな？　今日酒呑んでボウリングやったのも、あの人たちの機嫌をよくするためだよな？　このエアホッケーもそうだよな？」

俺の胸を小突きながら、畠山さんが畳みかける。

「勝ってどうすんだよ。向こうに、花持たせろよ。俺、目で合図したよなさっき？」

踊り場で棒立ちになったまま、何も返せなかった。

「おい、多賀野《たがの》。お前はどう思う？」

畠山さんが、同期の多賀野に話を振った。畠山さんはチューターとして、俺と多賀野の二人を預かっている。

「私がもし坂本と同じ立場だったら、わざと負けてましたね」

何らためらうことなく、多賀野は切れ長の目を向けて言った。

「だよな、多賀野。俺も入社して七年になるけど、久々だわ、これほど空気読めないやつ」

畠山さんは小さく舌を打ち、戻ってきた取引先の二人に、「もう一軒行きましょう！」と駆け寄った。

「せっかくのプレミアムフライデーだし、みんなもう一軒行くぞ。次は、ダーツバーだ。終電は気にしなくていいぞ。タクチケ渡すから！」

畠山さんの呼びかけに、多賀野が大きな体を揺らしてエレベーターの前にささっと移動した。行動力をアピールするかのように、「もうエレベーター来ますんで、皆様こちらに！」と手招きする。

「……すいません、畠山さん。僕、もう帰ります」

最後に居残った畠山さんに、言いにくそうに告げた。「はぁ?」と険のある顔を向けられたが、失礼します、と頭を下げる。ちょっと待て、という声を背中に浴びながら、逃げ去るように階段を下りていった。

暗く静まり返った駅のホームで、缶のハイボールをくいっとあおった。ベンチに座ってスマホを開くと、志保《しほ》からメールが届いている。

明日の映画、行けなくなった。渋谷《しぶや》には、また今度。

なんで行けなくなったんだと、問いただす気力はなかった。今の俺に、彼女と休日に出かける心の余裕はない。

スマホのグループチャットに、畠山さんからダーツバーの写真が送られてきた。参加しなかった俺に、全員で楽しんでいる姿を見せつけたいのだろう。ちなみにチャットのグループ名は、畠山と愉快な仲間たち。畠山さんが自分で名付けた。

接待先から最寄り駅まで戻ってきたものの、自宅に向かおうという気になれない。今夜だけで、畠山さんに何度怒られたかわからない。ビールを注ぐ時はラベルを上にしろだの、目上の人と乾杯する時はグラスを少し下げろだの、細かいことで逐一注意された。来週の接待のことを考えると、気が滅入ってくる。

ホームのベンチには、俺以外にも缶ビールを呑んでいるサラリーマンが何人かいる。学生の頃、「この人たちは、なんで家に帰って呑まないんだろう」と不思議だったが、今は彼らの気持ちがよくわかる。解放されたひとりの時間を楽しんでいるのだ。

家に戻っても、家族から色々と小言を言われるのだろう。子供の教育のことで、奥さんと言い合いになるかもしれない。薄暗いホームでひとり缶ビールを呑んでいる時だけは、そういったことを忘れられるのだきっと。

大学時代は、自分の都合で付き合う人を選べた。嫌いな人がいたら、関わらなければ済む話だった。でも、今はそれができない。

通過する回送電車をぼうっと眺めていたら、スマホが鳴った。大学の時の、テニスサークルの仲間だ。無視したいところだが、コールが長すぎて思わず出てしまう。

「お疲れ、坂本。久し振り。元気か？」

「元気に決まってんだろ。今、会社の同期とダーツバーにいる。面白いよな、ダーツって」

周りの人に聞かれないよう、席を立った。

「坂本の会社って、丸《まる》の内《うち》だったよな？」

「そうそう。丸の内のでっかいビルだよ。それより、どうしたんだ？」

「いや、最近電話しても出ないだろ、お前。今度サークルのみんなと集まって呑もうって言ってんだけど、お前もどうかなと思って」

「すまん。最近、呑み会続きで時間ないんだよ。でもやっぱ、総合商社はいいよな。毎晩、豪勢なメシ食わせてくれるし」

「志保ちゃんとは、まだ続いてんのか？」

「もちろん、もちろん。明日も渋谷に買い物に出る。すまん、次は俺のダーツの番だから切るな。また連絡するわ」

そそくさと告げて、逃げるように電話を切った。妙な見栄を張った自分が情けなくて、猛烈な自己嫌悪に襲われる。大学を卒業する際、サークルの仲間に、「俺は絶対みんなに負けない！　年収で勝負だ！」と豪語していた。大見得を切った手前、辛さを吐露できない。

ベンチに戻ってハイボールをあおっていたら、再び電話が鳴った。今度は、父親からだ。

これは、さすがに出るわけにはいかない。切れるまで待っていたら、留守電が吹き込まれた。

「もしもし、雄一《ゆういち》か。お父さんだ。家の庭草が伸びすぎてるから、切るのを手伝ってくれないか。湯河原《ゆがわら》には、いつ戻ってこれる？ 連絡ください」

呑気なお願いごとに、ため息がこぼれた。還暦になったばかりとはいえ、庭木の手入れぐらいひとりでできるだろ。

俺は大学に入学した時から、東京で一人暮らしをしている。湯河原に暮らす両親とは、姉貴の結婚式で顔を合わせて以来、一年以上も会っていない。毎月俺のマンションに米を送ってくれているが、接点は今それだけだ。こちらから何か連絡することはない。

俺は昔から、地元の小さな工務店に勤める父親を軽蔑している。

父親は現場の作業員で、いつも汚れた作業着で仕事をしていた。父親参観日にも、ドロドロの作業着で現れた。高校に入学してからも、学校の近くでドブ掃除をしたり、時には学校の校舎を修理しにくることもあった。クラスメイトに自分の父親を見られるのが嫌で、他人のフリをしたこともある。

俺は、絶対に父親のようにはならない。そう固く誓い、父親を反面教師に死ぬほど勉強して東京の有名私大に入った。そして念願叶《かな》い、平均年収千二百万の有名商社に就職できたのだ。

だけど、この有様《ありさま》だ。

学生時代との環境の差に戸惑い、毎日のように己の無力さを突きつけられる。

スマホに再び届いたダーツバーの写真に、気持ちがずんと沈んでいった。


部の電話が、オフィスにぷるるるると鳴り響いた。心臓がどきんと跳ね上がり、緊張で急激に体が固くなる。

俺は、会社の電話に出るのが苦手だ。誰か出てくれないかなと内心願っていたが、フロアの社員は業務に追われている。デスクと電話までの距離が一番近いことからも、俺が出ないと筋が通らない。

「はい、山野《やまの》商事、食品原料部、坂本でございます」

「ハロー、ディスイズ、ジョン・クレメンズ、フロム、ワールドフーズコーポレーション」

流暢《りゅうちょう》な英語を耳にして、身が縮んだ。商社だけに海外取引が多く、外国の人から頻繁に電話がかかってくる。研修で、英語で対応するロールプレイングを何度もさせられたが、いまだに慣れない。

「ア、アイムソーリー、フ、フーイズ、スピーキング？」

戸惑いから、相手の名前を失念してしまった。電話の相手はもう一度名乗ってくれたが、言い方に棘があった。焦りすぎて頭のネジが飛び、しどろもどろになってしまう。

「ソ、ソーリー、ミスター、ジョン・クレメンズ。えー、ハウ、ハウ、ハウキャンアイ、ヘルプ――」

言い終わるのを待たずして、後ろで打ち合わせをしていた多賀野が受話器をひったくった。俺との格の違いを見せつけるかのように、ネイティブな英語を披露する。多賀野は英文科卒で、英語はペラペラだ。

デスクでキーボードを叩く同期の連中が、くすくすと笑っていた。フロアの隅でコーヒーを呑んでいた畠山さんが、蔑んだ目で俺を眺めている。最悪だ。

その日の夜、俺と多賀野は、畠山さんに会社近くの居酒屋に連れていかれた。

「にしても、いつになったらちゃんと電話に出られんだよ、坂本は」

前に座った畠山さんが、グラスのビールを呑み干した。空になったグラスにビールを注ごうとしたが、畠山さんの顔色が変わった。

「お前、ビールを注ぐ時はラベルを上にしろ、って何回言ったらわかんだよ」

「あ、すいません」

居心地悪そうに身じろぐと、掘り炬燵の下で畠山さんと足がぶつかってしまった。

「あ、すいません」と小声で謝罪する。

「それと、前から気になってたんだけど、その『あ、すいません』ってのやめてくれねぇかな。お前よくそれ言うけど、なんだよ、『あ』って。虫唾《むしず》が走るからやめてくれよ」

「あ、すいません」

「いや、言ってるそばからかーい！」

ひょうきんな声を出した畠山さんが、得意げに隣の多賀野を見た。多賀野は手を叩いて嘘くさく笑っているが、俺は笑えなかった。バカにされてまで愛想笑いはできない。

入社当初から、俺は畠山さんに嫌われている。この商社の新入社員は、入社からゴールデンウィーク明けまで、徹底的に研修を受ける。畠山さんが社内講師を引き受けていて、時折放つ彼のジョークに、百名を超す新入社員が一様に声を立てて笑っていた。だが、気に入られようと無理して笑っているサマが宗教的な感じがして嫌で、一番前に座った俺は微動だにしなかった。畠山さんは、それが気に入らなかったのだろう。その後、研修中に難しい質問を俺に振って恥をかかせてくるようになった。

研修後に割り振られた配属先は、畠山さんのいる食品原料部だった。畠山さんはそこのトップ営業マンで、運悪く彼が俺のチューターになった。挽回《ばんかい》しようと、彼のジョークに無理して笑うようにしたが、遅かった。何かと世渡りのうまい多賀野をかわいがり、俺には露骨なまでに冷たくしてくる。

「まぁとにかく、俺が言いたいことはひとつだけだ」

畠山さんは眼鏡のブリッジをくいっと上げ、グラスに残るビールを呑み干して言った。

「ここでやっていきたければ、俺には嫌われないこった。ちょっと、トイレ行ってくる」

腰を上げた畠山さんに、「先輩、瓶ビール追加しますね」とすかさず多賀野。席を立つ畠山さんに、「お前はホントよく気が利くよな」と褒められた多賀野が、見下すような目を俺に向けてきた。

「多賀野さ、そういう生き方してて疲れないか？」

畠山さんの背中が見えなくなったのを確認して、俺は悪態をついた。

「はぁ？」

「会う人会う人に媚《こ》びてばっかで疲れないのか、って訊いてんだよ」

「悔しかったら、お前もやれよ」

「……」

「人に媚びて何が悪い？　商社マンをやるにあたって、俺は現段階でのプライオリティは人脈だと判断してる」

「難しい横文字使ったら賢く見えるとか思ってんじゃねぇよ。うっとうしいんだよ、人に媚びてばっかのやつが」

「人に迷惑ばかりかけてるやつに言われたくないな」

「……」

俺は、黙るしかなかった。悔しさを押し殺すように、ジョッキのハイボールを呑み干した。


「ったく、ホントいけすかないやつだよ、多賀野は」

座椅子にどかっと腰を下ろし、丸テーブルに置いた缶チューハイをぷしゅうと開ける。今夜だけでもう五本目だ。

「さっきから黙ってるけど、志保はどう思うんだよ？」

足立区《あだちく》にあるマンションに、彼女が遊びにきていた。志保とは、就職活動中に知り合った。お互い仕事が忙しく、会うのは一ヶ月ぶりだ。

「まぁ一概には言えないけど、わたしは多賀野くんの生き方が間違ってるとは思わない」

　同意を求めて話を振ったのに、目の前できっぱりと否定された。「なんで多賀野の肩を持つんだよ？」と眉間に皺《しわ》を寄せる。

「別に、肩なんて持ってないよ。多賀野くんの人脈が大事って意見はよくわかるし、仕事を取るために相手に気に入られようとするのは、わたしはおかしいとは思わない」

　志保は意気揚々と言って、大きな目をきりりとさせる。

　社会人になってからというもの、志保はやけにしっかりとした意見を口にするようになった。志保は、大手のアパレル会社に総合職で入社した。お互いが入社した当時、多賀野も含めて三人で食事をしたことがある。

「あんたは、無駄に自尊心が強いんだよね」

「はぁ？」

「いい大学を出たってプライドが、仕事の邪魔してんじゃないの。社会に出たら、学歴なんて関係ないと思うよ」

「うるせぇよ、お前」

「お前、って言わないでよ。悪いけど、明日も朝早いからそろそろ行くわ」

立ち上がった志保のバッグに、分厚いビジネス書が何冊も入っているのが見えた。意識の差を見せつけられたようで、志保がとてつもなく遠い存在に思えた。

「バカヤロー！」

誰もいない非常階段の踊り場で、畠山さんに怒鳴りつけられた。

「営業秘密も書かれてんだぞ、この書類。なんで持って帰ったりするんだよ！」

「すいませんっ！」

「就業規則、知ってるよな？　たまたま俺が気づいたからいいものの、場合によっては懲戒処分になるんだぞ！」

「本当にすいませんっ！」

俺は、顔面蒼白《そうはく》だった。蟬《せみ》の鳴き声を浴びながら、怒りが収まらない畠山さんにひたすら平身低頭する。

昨晩、フロアでひとり残業していたら、畠山さんのデスクのゴミ箱に書類が捨てられてあるのが目に入った。束ごと拾い上げて目を通すと、効果的な販売方法やセールスマーケティングのノウハウなど、営業に関する情報がたくさん記載されている。

俺は、焦っていた。同じ部の同期は、先輩の業務を引き継いでもうひとりで得意先を回っている。遅れを少しでも取り戻すために、営業に関することを勉強しておこうと思ったのだ。

「本当に、すいません。自分が外回りする時に備えて、自宅で勉強しておこうと思いまして」

「お前にはまだまだ外回りをやらせるつもりはねぇよ！」

その言葉に、体中から力が抜けた。

「それに、勉強したいんだったら、持ち帰らずに会社でやれよ！」

もっともな指摘だったが、それはできなかった。会社にいると、周囲に常に監視されているような気がして集中できない。電話の応対もそうだ。萎縮して、声が震えてしまうのだ。

「ったく、月末の展示会の準備で忙しいってのによ。このことは、部長に報告しないでおく。バレたら、俺まで怒られちまうからな。言っとくけど、これは貸しだからな」

畠山さんは舌を打ち、フロアに戻っていった。俺も引き返し、先輩社員に頼まれていたコピーを渡そうとした。だが、初めて絡む別の部署の人だったため、誰にお願いされていたか思い出せない。

寝不足で、頭が回らない。連日の残業や接待に加えて、ここのところ毎日六時半に出社し、誰もいないフロアで電話応対のシミュレーションをしている。

「コピー、お待たせしました！」

「俺、頼んでないよ」

「コピー、お待たせしました！」

「俺でもないよ」

脇に書類の束を抱えて訊いて回ったが、見つからない。

「私にコピー、頼まれてましたよね？」

「俺じゃない」

「コピー、お待たせしました！」

「俺じゃない」

「坂本っっっ！　コピーは、財務部の桜木《さくらぎ》さんだ！」

畠山さんが、フロアの全員に聞かせるような大声で叫んだ。また、あいつがなんかやらかしてんのかよ。目に入る人たちが、そう言わんばかりにくすくすと笑っている。

デスクに戻ると、食品原料部の電話が鳴った。練習の成果を見せつけたい思いと、誰か出てくれないかなという弱気がせめぎ合う。

「はい、山野商事、食品原料部、坂本でございます」

最後は熱い思いが勝ったが、電話越しに「ハロー」と言われた途端、頭の中が真っ白になる。

「ハ、ハロー。ハウ、ハウ、ハウメイアイヘルプユー、ディス、ディスアフタヌーン？……ホワット？　えー、えー、クッド、クッドゥユーセイ、えー、えー、ザット、ザットアゲイ――」

話の途中で、受話器が左手から離れていった。おそるおそる顔を向けると、受話器を握った畠山さんが目を吊《つ》り上げていた。

暗く静まり返った首都高速を、会社の車で走っていた。ルーフに大きなサーフボードを設置した車が、はやる気持ちを抑えられないように右車線から追い越していく。

週末は、サービスエリアに赴くのが習慣になっていた。真夜中のサービスエリアの雰囲気が好きで、外のベンチでひとりコーヒーを呑んでいる時だけは嫌なことを忘れられる。

等間隔に行き過ぎる橙色《だいだいいろ》の照明灯を眺めていたら、社会人になってからの出来事が頭を駆け巡った。

バカヤロー。

違うだろ。

何回同じこと言ったらわかるんだよ。

入社してこの四ヶ月、怒られた記憶しかない。業務をしっかりやっていても、褒められることはない。できて当たり前の世界だから。

ハンドルを握りながら、事故に遭って楽に死ねないかな、と願う自分がいる。目を瞑《つぶ》って十秒だけ手放し運転してみようかな、と半ば本気で考えていたら、助手席に置いたスマホが鳴った。ディスプレイに、父親の名前が表示されている。粘っこい着信を無視し続けていたら、留守電になった。

「もしもし、お父さんだ。パソコンを買い替えたんだけど、父さんはパソコンが苦手だ。お盆休みにうちに戻ってきて、使い方を教えてくれないか。連絡待ってます」

自分で調べろよそんなこと、と声が出た。

俺の父親は、いまだにガラケーだ。機械全般にうとく、ビジネスマンとしての能力は皆無だ。その無能さが遺伝したせいで俺は仕事に苦労してるんじゃないかと、父親を責めたい気持ちになった。

「畠山先輩、少しよろしいでしょうか」

会社一階にある、大会議室。夜遅くまで展示会の準備に追われる中、多賀野が配布物の確認をする畠山さんに身を寄せた。

「何だ、多賀野」

「明日の展示会終了後、来場者の名刺とアンケート用紙をホッチキスで留めておいたほうがいいんじゃないでしょうか。情報を整理しておくことで、その後の商談もスムーズにいくと思うんですが」

「だな。相変わらず気が利くな、お前は。よっ、未来の社長候補！」

畠山さんが、手でメガホンを作っておどけた声を出した。多賀野は「とんでもないです」と謙遜し、「先輩主催の企画に泥は塗れませんから」と歯の浮くような台詞《せりふ》を口にする。

俺には多賀野のように、自ら何かを発案しようとする気はない。畠山さんがチューターでついた頃、「自分からどんどん動け」と指示されていたが、自主的に何かをしたら「勝手なことをするな！」と注意された。それ以来、陰で指示待ち社員と揶揄《やゆ》されることもあったが、今となってはもうそれでいいと思っている。

俺は目立たないよう、フロアの隅で紙コップの数をチェックした。明日は丸の内にある取引先で、出張展示会が行われる。ホームセンターをチェーン展開する企業で、食品営業部が買いつけてきた品を会社のミーティングスペースに展示する。うちの社ですべて準備し、明朝、品を軽トラックの荷台に載せて乗り込む手筈《てはず》になっている。

「志保ちゃんは、元気にしてるのか?」

試食で使う紙皿の枚数を確認していたら、多賀野が隣に来た。

「お盆休み、どっか行ったのか?」

「お前には関係ないだろ」

志保とは、最近会っていない。休日に電話しても、セミナーを受講しにいくから、と毎度断られてしまう。メールでちょいちょいやり取りはしているが、会話がどうも嚙み合わない。

「もう、十一時か」

畠山さんが、高そうな腕時計に目をやった。

「よし、今夜はもう終わりだ。明日は朝早いし、細かい作業は現場に行ってからやる。お前ら、もう上がっていいぞ」

同期のメンバーが、お先に失礼します、とぞろぞろ退室していった。俺も帰ろうとしたが、畠山さんに「坂本、お前は少し残っておけ。話がある」と呼び止められた。全員がいなくなったのを確認して、畠山さんが会議室の奥に俺を呼び寄せる。

畠山さんは不機嫌そうに眉をしかめ、床に置いてある吊り看板の布をすっとはずした。展示会で会場に掲げる、発泡パネルの看板だ。見ると、横長の看板の中央部がぼこっと陥没している。パネルが完全に貫通し、その衝撃で文字が書かれたシート全体がくしゃくしゃになっている。

「これ、やったのお前だろ？」

畠山さんが、鋭い眼光で睨みつけてきた。

「はっ？」

「お前が踏んづけたんだろ？」

「違います！」

俺は顔の前で手を振ったが、畠山さんは止まらない。「お前しかいねぇんだよ！」

と、俺の胸を拳で小突いてきた。

「……畠山さんじゃないんですか、これやったの？」

目を凝らすと、畠山さんの右足のズボンの裾に、発泡スチロールの粒が付着している。俺はそのことを指摘した。言うには勇気がいったが、さすがにこんな濡《ぬ》れ衣《ぎぬ》を着せられて我慢はできない。

「だとしたら、何だ？」

開き直ったように、畠山さんが冷静な口調で言った。二の句が継げないでいると、畠山さんがふっと表情を緩めた。

「お前、部外秘の書類を持って帰ったことあったよな？」

「……」

「あれは、罪重いぞ。もちろん、俺がチューターとしてお前を預かってるわけだし、俺にも責任はある。ただ、いくら新入社員といえども、入社してから失敗続きの上に部外秘まで持ち出したとなるとさすがに会社はもう……」

続きを聞かなくても、この人が何を言いたいのか理解できた。この看板は、お前が壊したことにしろ。勝ち誇ったようにすらすらと御託を並べるその顔がそう告げている。

むかつきを通り越してもう、悲しかった。こんな人が自分のチューターであることが。営業成績がトップなのをいいことに、こんな人間を野放しにしているこの会社が。

「クズですね、あんた」

吐き捨てるように告げて、そばのカタログスタンドを殴りつけた。帰ろうと背を向けると、後ろから罵声が聞こえてきたが、相手にしないで会社を出る。

駅に着くと、ホームの自販機で缶ビールを買った。誰かに話を聞いてほしくて、ビール片手にベンチに座って志保に電話をする。

「ごめん、今、会社の人とボウリングに来てるから」

スマホの向こうに、楽しそうな嬌声《きょうせい》が飛び交っていた。何やってんの志保ちゃん、次は君の番だよ。志保は男の社員に下の名前で呼ばれていた。職場の人間関係の良さが伝わってきて、惨めな気持ちでいっぱいになる。

用件も言い出せないままに電話を切られると、スマホのディスプレイが光った。浮かない顔でアプリを開くと、「畠山と愉快な仲間たち」のグループチャットにコメントが届いている。

『畠山先輩、今日はお疲れさまでした。明日はがんばりましょうね～っ！』

『畠山さん、今日もご指導ありがとうございました！　明日もよろしくです！』

誰が先にお礼を言うかを競い合うように、次々とレスが重なっていく。

ほどなく、畠山さんからコメントがついた。

『今日は、みんなお疲れ～っ！　それより、吊り看板が陥没してるぞ！　誰だ、踏んづけたのは？（笑）　まぁいい。かわいい後輩が部長に怒られるのは、俺は本意じゃない。今から業者に発注してる時間はないし、今回は俺が壊したことにして部長に怒られておく。ひとまず明朝六時半に社に集合な！　明日は看板なしでいくからよろしく！』

そのコメントが書き込まれるやいなや、「さすが、畠山先輩！」「畠山さん、優しさ神っす！」とレスが続々と届く。

暗然とした気持ちに包まれたまま、よろよろと終電に乗った。俺の隣で、疲れ顔のサラリーマンがつり革を握っている。

大学生活を満喫していた頃、くたびれたサラリーマンが惰性で生きているだけのつまらない人間に見えていた。でも、今は違う。サラリーマン、すげぇ。仕事の理不尽に耐えられるそのメンタルは、俺からしたら化け物だ。

電車の窓ガラスに、自分の姿が映っていた。何の仕事もできないくせに、一人前にネクタイだけはちゃんと結んでいる姿が滑稽に思える。

身を切るような孤独感が、胸を締めつけた。窓の向こうで流れていく暗い景色が、なんだか怖く感じられる。このまま社会人を続けていく自信がない。ほろ酔いも手伝って、漠然とした未来への不安に急に死にたくなる。

翌朝、俺は出社しなかった。

その翌朝も。

その翌朝も。

そのまた翌朝も――。

その最中《さなか》、志保からメールが届いた。

『別れよう』

布団から出られない俺に、理由を問いただす気力はなかった。短く一言だけ、わかった、と返信する。

俺は、会社を辞めた。

仕事の引き継ぎもせず、ほとんど飛ぶような形で。

勤続期間、たった五ヶ月。

俺の憧れの商社マン生活は、こうして終わりを告げた。

商社を辞めた俺は、十月から都内の人材派遣会社で働き始めた。

希望した職種は、事務だ。商社での営業がトラウマになっていて、デスクワークだと煩わしい人間関係は少ないだろう、と思った。学歴があり、かつ第二新卒扱いだったことからも、すんなりと転職できた。

だけど、一ヶ月持たなかった。

デスクの椅子に座っていると、常に誰かに見張られているような感覚がある。神経が過敏になっていて、フロアのどこかで誰かが笑い声をあげていたら、自分が笑われているような気がしてならない。その場所まで行って笑われているのが自分ではないのを確認しないと、落ち着いて働けないのだ。

誰かに怒られたわけでもないのに、ちょっとしたことで気が沈んでしまう。メールで今まで「了解です！」と返事していた人が、「了解です」と「！」がない返信をしてきたら、自分は嫌われてるんじゃないかと思って頭が真っ白になる。

デスクの電話が鳴ると、出るのが怖くて席をはずしてしまう。こんな人間を、会社が雇えるわけがない。ほとんどクビに近い形で、社を去ることになった。

人材派遣会社を辞めたあと、十月末に父親からスマホに留守電が入っていた。

「もしもし、お父さんだ。プロ野球の日本シリーズのチケットが手に入ったから、一緒に観に行かないか。バックネット裏の特等席だ。連絡ください」

俺は、父親の連絡をまた無視した。この留守電以前にも何度か電話はあったが、一度も出ていない。

俺は商社を辞めたことを、親に伝えていなかった。

東京の大学に合格した時、俺は両親にこう啖呵《たんか》を切った。

「俺は将来、大きな会社に就職して絶対に偉くなる。でかい商社にでも入って社長にまで上り詰めるから、見ててくれよ！」

　得意げに語る俺を、母親は「そんなに気張らなくていいよ。普通に就職してくれたら充分だよ」と諫《いさ》めてきた。だが、現場作業員の父親を見下すあまり、「それじゃダメなんだよ、母さん。仕事は稼がないと意味ないんだよ！」と強い口調で言い返した。俺は、根拠のない自信でいい気になっていた。就職が決まった時も、電話口で散々大口を叩いたのだ。

　正直、親に泣きつきたい気持ちはある。でも、できなかった。

　年が明けてすぐ、都心から離れた場所に移り住んだ。

　商社に勤めていた頃は、マンションの家賃は会社が負担してくれていた。無職の身分で払い続けられるわけがなく、四畳半一間のアパートで暮らし始めた。

　親に引っ越したことを知られたくないため、保証人のいらないアパートを選択した。実家から毎月送られてきていた米は、郵便局のサービスを利用して新しい住居に転送してもらった。ありがたいことに、昨秋から米だけではなく、ちょっとした食料品も送られてきている。親からの食料と商社時代に貯《た》めたわずかな貯金を糧に、細々と生活していた。

一月中旬から、近所のコンビニでアルバイトを始めた。

でも、一週間も続かなかった。バイトぐらいならさすがにできるだろうと思っていたが、人と接すること自体が怖くて仕方がない。客に何か小言を言われようものなら、自分が全否定された気がしてレジを打つ手が震えてくる。

家にいても、落ち着かない。スマホが鳴ると、商社時代の誰かからの電話じゃないかと思って体がびくっとする。外に出ても、商社の仕事で一度でも訪れたことのある場所や道路は怖くて通れない。気分転換に都心に出かけた時も、丸の内近辺には一歩も近づけなかった。

誰かに話を聞いてほしくて、スマホの電話帳を眺めたことがある。でも、会いたいと思える人はいなかった。顔を合わせると、自分がより気落ちするのが容易に想像がつくからだ。

この人は、仕事が充実してるから会うと自分と比べてしまってヘコむ。この人は、彼女がいるから嫉妬して辛い思いをするだけ。この人は、不幸な人と話をすると悪気がないように見せかけてより不幸にしてこようとするタイプだから無理。この人は、相談に乗るフリをして知ってる心理学の知識をひけらかしてくるだけだから会いたくない。

電話帳に入ってるどの人も、今の自分と比較したら眩しく映る。自分と波長が合う人が見つからず、結局、家に引きこもるしかなかった。

江戸川《えどがわ》の河川敷《かせんじき》から、生暖かい突風が吹きつけてきた。薄手のジャンパーを脱いで脇に挟み、手にした通帳に目を通す。

近所の大型ショッピングモールに併設されたATMで、残高確認をするのが日課になっていた。一月の末に、「カントウロウキショ」という名義で、二十万円が振り込まれていた。新卒一年以内に辞めた者には、失業保険は適用されない。何かの間違いかなと訝《いぶか》しみながらも、再度の入金を期待せずにはいられない。

でも、世の中は甘くない。そんな奇跡がそうそうあるはずもなく、残高はもうあまりない。

安い弁当でも買って帰ろうと、ショッピングモールの中に入った。土曜日なので、夕方とはいえどこもかしこも家族連れでごった返している。

入口近くのスーパーで、食品のワゴンセールが行われていた。スチール製の大きなワゴンの中に、半額シールのついたパンがうず高く積まれている。

昨日の昼から、何も食べていない。群がる人を押しのけるように身を滑り込ませ、目を血走らせながらパンを物色する。隣の老人とほぼ同時に分厚いカツサンドを掴んだが、力に任せて引ったくった。もう恥もプライドもない。

次は半額の弁当を手に入れようと、身を翻した時だった。入口のほうから志保が歩いてくるのが目に入った。

志保は、背の高い男と幸せそうに腕を絡め合っている。その男の顔を見て、心臓が波打った。志保の隣にいるのは、多賀野だったのだ。

入社当初、多賀野の一人暮らし先に遊びにいったことがある。多賀野のマンションは、このショッピングモールから遠くない。

今いる場所がどこかわからなくなるほど、狼狽《ろうばい》した。微かに残った冷静さが、俺を人混みの中に紛れ込ませる。

二人は、スーパーの向かいにあるベーカリーに入った。来慣れているかのようにさっとトレーを手にし、何の迷いもなくトングでパンを載せていく。

このベーカリーのパンは、どれも三百円以上もする。このショッピングモールを訪れると、いつも香ばしい匂いが鼻に届いていた。いつかここのパンを食べたい。安くてでかいパンではなく、小ぶりで甘みの詰まったパンを食べたいと、いつも思っていた。

通路を挟んだスーパーの脇で、俺はくしゃくしゃになったカツサンドを握っている。年金暮らしであろう老人から奪い取った、ひとつ九十円のパンを。

底の知れない絶望感が、胸いっぱいに広がっていった。俯いたまま、その場から一歩も動けなくなる。

突然、ジーパンの後ろポケットに入れてあるスマホが振動した。着信音が鳴ると怖いので、普段から音は切ってある。

ジーパン越しに伝わってくる振動が、いつまでたっても消え去らない。渋々手に取ってディスプレイを見ると、母親の名前が表示されている。

もう、どうなってもよかった。急に開き直りにも似た感情が押し寄せて、久方ぶりに電話に出た。

「雄一。雄一……」

スマホの向こうで、母親が嗚咽《おえつ》を漏らしている。

「どうしたんだ、母さん？」

「……お父さんが、亡くなったの」

「えっ」

「お父さんが、今朝の脱線事故で亡くなったのよっ！」

色々なことがありすぎて、頭の中を整理できない。すぐに、南鎌倉体育館に来て。母親に言われるがままに、わけもわからずショッピングモールを飛び出した。

「………」

体育館の搬入口が、大きなブルーシートで覆われていた。警察官に促され、めくられたブルーシートの隙間から中に入る。

コートに続く通路を抜けた瞬間、気配がさっと異質なものに変わった。重く濃密な空気が一面に漂い、そこかしこから嗚咽とすすり泣きが聞こえてくる。

「雄一っ!」

コートの隅で、姉貴が手招きしている。走り寄ると、母さんが床に尻をついて鼻をすすっている。

床に敷かれたマットに、俺の父親は横たわっていた。思いのほか綺麗な顔をしていて、スーツのジャケットは破れているが、目立った外傷はない。

「さっき検案が済んだみたいだけど、お義父さんは頭を強く打ったようだ」

姉貴の旦那さんが、後ろから俺の肩に手を置いてきた。神妙な面持ちで、財布に車の免許証があったからすぐに身元が判明できたようだ、と続ける。

　ここに向かうタクシーの中で、スマホを見て脱線事故のことを知った。まさか父親が乗っていたとは。

　床に両膝をついて、仰向けで眠る父親の手を握った。左腕にはめた時計のガラスは、事故の衝撃を物語るように粉砕している。

　父親を目にするのは、姉貴の結婚式以来、二年ぶりだ。長らく会っていなかったこともあって、今回の事故がどこか他人事《ひとごと》のように思えてしまう自分がいる。公私ともに追い詰められて、心が乾き切っていた。温もりを失った手をどれだけ握っていても、残酷なまでに、一向に涙が出てこなかった。


　いつも座るプラットホームのベンチに、赤ら顔のサラリーマンが腰を預けていた。自分の居場所を取られたような気がして、少しむっとする。

　父親の四十九日法要を終えて、東京に戻ってきた。脱線事故以来、事故関係の対応は、姉貴が中心となってやってくれている。

　俺はこの期に及んでも、家族に会社を辞めたことを伝えていなかった。父親の葬儀が終わると、「商社の仕事が忙しいから」と、すぐに東京のアパートに戻ってきた。

「よし、エントリーシート終わり！」

ベンチで缶チューハイを呑む俺の隣で、リクルートスーツを着た学生たちが就活の書類を作成していた。「もう嫌、就活！」と口々に文句を言っているが、みんな目が輝いている。

彼らが、眩しかった。俺も二年前は、この学生たちと同じような目をしていた。何度も書かされる就活関係の書類に辟易《へきえき》しながらも、「いつか一億円稼いでやる！」と息込んでいたのだ。

当時を思い起こしていたら、亡くなった父親に言われたことが記憶に浮かび上がってきた。

就活中、父親から頻繁に電話がかかってきた。面接のスーツに関することやマナーうんぬん、自分が知っている情報を逐一電話で知らせてくる。

今の時代、そんな情報はネットで調べれば一発で出てくる。大学の講座でも、模擬面接は繰り返してきた。俺は毎回、「わかってるから、そんなこと！」と煙たがったのだ。

でも、父親はやめなかった。山野商事の面接にエントリーした際も、電話に出ないでいたら留守電に会社の情報が吹き込まれた。

「お父さんだけど、山野商事について色々と調べたんで、今から伝えます。従業員数は単体で三千五百名、グループや子会社も含めると五万人を超える。資本金は千三百億で——」

当時は、迷惑で仕方がなかった。

だけど、父親なりに息子を心配してやった行動だ。

今となっては、申し訳ないことをしたと思っている。


咽《むせ》るような硫黄の匂いが、坂道のほうから風に乗って運ばれてきた。建ち並ぶ木造旅館を横目に、浴衣姿の観光客とすれ違いながら坂を上っていく。

時間を持て余した五月のある日、俺は湯河原に戻った。四方を山々に囲まれた温泉街は、子供の頃から何ひとつ変わっていない。

昔を懐かしむように、当時遊んだ場所を巡っていく。実家に行こうと脇道に足を向けたら、帰宅中の小学生の群れと出くわした。ランドセルを地面に下ろし、道沿いに設置された足湯に両足を浸した。

「なぁ、幽霊電車の噂って知ってる？」

ぽっちゃりしたそのうちのひとりが、目を爛々《らんらん》と輝かせて仲間に訊いた。

「知らない。何それ？」

「こないだ、鎌倉で脱線事故があっただろ。深夜に西由比ヶ浜駅に行ったら、その時の電車が走ってるんだって」

「嘘〜っ？」

子供は、無邪気でいい。俺も小さい頃は、そういうオカルトめいたものを信じる純粋さがあった。あの頃に戻りたいと、楽しそうに喋《しゃべ》る小学生たちに嫉妬してしまう。

脇道を抜けた先に、父親が勤めていた工務店があった。

瓦屋根にソーラーパネルが敷かれ、民家のような佇《たたず》まいをしている。二階の外壁に設置された社名看板は、今にも落ちてきそうだ。

「もしかして、坂本さんの息子さんかい？」

茶色いサッシの戸を引いて、白髪《はくはつ》の男性が顔を出した。そうです、と返すと、顔に喜色を浮かべて外に出てきた。

「今回の事故は、大変だったね」

この男性とは、父親の葬儀で顔を合わせている。ハンカチを手に、ずっと涙を流していた。高校時代に、父親が校舎を修理しにきた際も一緒にいた。確か、竹中《たけなか》さん、といったか。

「雄一くん、だったね。少しは気持ち、落ち着いたかい？」

「おかげさまで。父親の件で、色々とご迷惑をおかけしました」

「水くさいこと言うなよ、雄一くん。俺は部下として、君の親父《おやじ》さんにどれだけ助けられたか。俺は世界一尊敬してんだよ、あの人を」

父親のことを褒められて、胸が熱くなった。

「それより雄一くん、山野商事に勤めてんだろ。すごいよね！」

「……ええ、まぁ」

俺は、言葉を濁した。

「君は、坂本さんの自慢の息子だったからね。君が大学に合格した時も、ムチャクチャ喜んでたな。坂本さんのあんなうれしそうな顔、見たことなかったよ」

「……うちの父親って、職場ではどういう人間だったんですか？」

父親の話をもっと聞きたくて、自分から尋ねた。竹中さんは、「あの人の魅力を挙げたらキリがないんだけど」と告げてから、流れるように話し出した。

「まず、あの人は絶対にあきらめないんだよ。去年の今頃、湯河原に大きな台風が来たんだけど、潰れた家屋を毎晩夜通し修理してたからね。中には壊滅的な被害が出た地域もあったんだけど、坂本さんが中心となって全部復興させた。がんばっても給料が増えるわけでもないのに、やると決めたら絶対にやるんだよあの人は」

「……」

「あと、あの人はすごく義理堅いんだ。あれだけの腕があれば、都会に出たらもっと稼げると思うんだよ。俺だったら、きっとそうする。でも、あの人はしない。この町の人を見捨てるわけにはいかない、と言ってさ。うちは社員が八人しかいないし、坂本さんがいないと、この先不安で仕方がないよ」

竹中さんはそう言って、天を仰いだ。

初めて耳にする話の連続だった。もっと父親の話を聞きたいと思っていたら、脇道から小柄な老婆がバギーを押してやってきた。父親の葬儀の際、棺に向かって何度も頭を下げていた女性だ。

「坂本さんところの、息子さんだね」

俺を見るなり、老婆は手をぎゅっと握ってきた。「ホント、お父さんによく似てらっしゃる」と皺だらけの頬を緩ませる。

「私は、あなたのお父さんに、どれだけお世話になったかわからないわ」

摑んでいた手をようやく離し、彼女は遠い目をした。

「あなたのお父さんは、本当にお優しかった。うちのトイレを修理したついでに、無料で庭の掃除をしてくださいました。暇ができるといつもうちに駆けつけて、独り身である私の話し相手になってくださいました。あの方は……私にとってのヒーローなんです」

声を詰まらせる彼女を見て、胸に温かいものが広がってきた。

父親の葬儀には、ひっきりなしに参列者が訪れていた。棺に眠る父親に、参列する誰しもが「ありがとうございましたっ」とお礼を口にしていたのだ。

俺は内心、現場で働く父親をずっとバカにしていた。でも、間違っていた。

視線の先で、生い茂った青草が風になびいている。

子供の頃、この空地で父親と自転車に乗る練習をした。いつまでたっても乗れない俺に、父親はずっと付き合ってくれた。

雨の日も。

仕事で疲れていた日でさえ――。

俺は、父親に謝りたい。

いや、謝らなければならない。

寝静まった住宅街を抜けて、西由比ヶ浜駅前に到着した。昨日、湯河原で小学生がしていた話を思い出しながら、開いたままの改札ゲートを抜ける。

彼らがしていた話は、ネットでも噂になっていた。鵜呑《うの》みにしたわけではないが、なんとしても父親にもう一度会いたい。疑いよりも、その気持ちが勝った。

暗闇に包まれたプラットホームには、誰もいない。ベンチに腰を預けてしばらく待ったが、何も起きない。何か呑もうと、自販機に足を向けた時だった。

隣の茅ヶ崎海岸駅のほうから、薄く透けた電車が線路を進んできた。キィィという ブレーキ音をたてて、ホームに停車する。俺は息を呑んだ。その電車の中に、大勢の乗客がいたからだ。

「行って」

電車の扉が開くと、車内でつり革を掴む女子高生が小柄な男の子に言った。降りるのを渋るその男の子に、「いいから、もう行きなさい」と彼の体を押して扉の外に追いやる。

その女子高生は、扉の際まで移動してきた。別れを惜しむように、二人はいつまでも見つめ合っている。

「本当に、本当にありがとうございました」

男の子は、深々と頭を下げた。扉が閉まる寸前、女子高生は「こちらこそ、ありがとう。和幸《かずゆき》くん」と口元を綻ばせた。

改札口に向かい始めた男の子が、俺に気づいて会釈をしてきた。すれ違いざまに見えたその顔には、涙で目を腫らしながらもどこか満足そうな色が浮かんでいる。

「あなたも、幽霊電車に乗りたいの？」

いなくなった彼と入れ替わるように、ホームの奥からセーラー服を着た女性が歩み寄ってきた。

「……君が、幽霊なのか？」

「そうよ。よろしくね」

彼女はフランクな口調で言葉を投げ、慣れているかのようにすらすらと語り始めた。

さっき通過した電車は、三月に起きた脱線事故の電車らしい。事故に強い感情を抱いている者にしか見えず、その電車に乗車すれば亡くなった被害者にもう一度会えるという。

ただし——。彼女は強調するようにそう付け加えて、幽霊電車に乗るための四つのルールを口にした。

・亡くなった被害者が乗った駅からしか乗車できない。

・亡くなった被害者に、もうすぐ死ぬことを伝えてはいけない。

・西由比ヶ浜駅を過ぎるまでに、どこかの駅で降りなければならない。西由比ヶ浜駅を通過してしまうと、その人も事故に遭って死ぬ。
・亡くなった被害者に会っても、現実は何ひとつ変わらない。何をしても、事故で亡くなった者は生き返らない。脱線するまでに車内の人を降ろそうとしたら、元の現実に戻る。

彼女の説明が終わってほどなく、線路の遥か先から轟音が聞こえてきた。「どこかの駅で降りないと、あなたもあぁなるわよ」と、彼女がいたずらっぽく微笑む。「現実が何も変わらなくてもいいなら、明日の深夜にでも被害者が乗った駅に行きなさい。それと」

小ぶりな胸の前で腕を組み、彼女は目に力を込めた。

「くれぐれも、乗客を降ろさないようにね。少し前にも、亡くなった婚約者を降ろそうとした女性がいたから」

俺の腹は、決まっていた。

亡くなった父親が、生き返らなくてもいい。現実が何ひとつ変わらなくてもいい。

俺はもう一度、父親に会いたい。

厚い闇に閉ざされた西湯河原《にしゆがわら》駅は、しんとしていた。パーカーのポケットからスマホを取り出し、時刻を確認する。

突然、プラットホーム一帯に光が射し込み始めた。深夜の時刻を示していたスマホに、いつのまにか十時二十三分と表示されている。

急に顔を出した朝の景色に、驚いている暇はなかった。最奥のベンチに、父親が座っていたからだ。

目を凝らすと、昔から使っている古びた手帳を開いてなにやら記入している。距離を詰めようとしたその時、線路の向こうから半透明の電車が近づいてきた。

速度を落とした黒い車体が、静かに停まった。父親が一両目に乗り込むのを見て、俺も同じ扉から中に入る。

始発駅だから、まだ乗客は少ない。電車が動き出すタイミングで、父親は四人掛けのボックスシートに腰を下ろした。

西由比ヶ浜駅まで、一時間しかない。焦る気持ちを抑えつけながら、通路側に座る父親のそばに立った。

「父さん……」

緊張で声を上ずらせる俺を、父親はちらりと見た。摑んだ手帳を使い古したボストンバッグに仕舞い、「雄一か」と頰を緩める。

「父さん、なんでスーツを着てるの?」

立ったまま質問すると、「野暮用だ」と父親。雄一こそ何してるんだ、と訊かれるのを危惧し、「俺も、野暮用だけど」と即座に返す。父親はふふと表情を崩し、ここに座れと、向かいの席をちょんちょんと指で叩いてきた。

細身の体は、以前よりも少し痩せたようだ。でも、職人らしい屈強な腕は健在だ。スーツの上からでもはっきりとわかるほど肉付きがすごい。

「久しぶりだね」

恥ずかしくて、目を合わせるのに勇気がいった。父親と会うのは、姉貴の結婚式以来で二年ぶりだ。その際も就活直前の時期だったので気持ちに余裕がなく、ほとんど会話をしていない。まともに言葉を交わすのは、その前年の正月以来だ。

照れくさくて、何を話せばいいのかわからない。そんな俺に、父親は何も言わない。感慨深そうに、俺をじっと眺めている。

「……毎月、お米を送ってくれて、ありがとね」

俯き加減にお礼を述べると、「気にしなくていい」と短く返された。

「あのお米、地味に助かってるんだよね」

「そうか」

「……」

「……」

「……ご飯は、ちゃんと食べてるのか？」

「食べてる」

「そうか。なら、いい」

「……」

「……」

会話が、ぎこちなかった。父親は元々、口数の多い男ではない。お互いどこか遠慮しているところもあって、沈黙に支配されてしまう。

「……野球は、まだ阪神ファンか？」

江之浦《えのうら》駅を通過したところで、父親が話を振ってきた。

「もちろんだよ。阪神以外にどこの球団を好きになるっていうんだよ」

不機嫌そうに返すと、父親はうれしそうに目を細める。俺も父親も、大のタイガースファンだ。

「雄一が小学生の頃、一緒によく球場に試合を観に行ったな」

懐かしそうに言って、父親がさっと腕組みをした。

「行ったね。東京ドームだと、周りは全員巨人ファンだし、すごく肩身が狭かったよね」

「そうだったな」

「父さん、巨人阪神戦で、ファウルボールが飛んできたこと覚えてる？　持ってたビールに直撃して、ビショビショになってただろ？」

「あったあった、そんなこと」

「あれは、笑ったよね。今でもたまに思い出すよ」

堅かった空気が、少し緩んだ。遠くなっていた父親との距離が縮まったような気がして、安心する。

小田原城前を通過しても、他愛のない世間話に花が咲いた。車内は、いつのまにか乗客が増えている。

言葉を交わしながら、俺はずっと違和感を覚えていた。父親が、俺の仕事について訊いてこないからだ。

普通なら、「仕事はどうだ？」と質問してくるだろう。社会人になってから一度も顔を合わせていないわけだし、仕事がうまくいっているのか父親として気にならないはずがないのだ。

会話の切れ目に、長い間ができた。話題を変えやすいはずのそのタイミングにも、「明日は雨みたいだな」と仕事の話には触れてこない。不自然な態度に、俺は思った。父親は、俺が商社を辞めたことに気づいてるんじゃないか、と。

「にしても、若いってのはいいよな。失敗しても、どうとだってなるしな」

会話の流れと関係なく、父親が急に言った。脈絡のないその発言に、確信めいたものが胸に込み上げてきた。父親は、俺が会社を辞めたことを知っている。俺の現状を慮《おもんぱか》り、あえて仕事の話をしてこないのだ。

大学に合格した時、俺は両親に散々大口を叩いた。俺は将来、絶対に偉くなる。でかい会社に入って社長にまで上り詰めるから見ておけ、と。普通なら、「ほら、見たことか」だの、「仕事は甘くないだろ」だのと説教のひとつもしてくるだろう。でも、目の前の男は俺を一切批判してこない。

社会人になってからというもの、父親から度々留守電が入っていた。庭木の手入れを手伝ってくれ、パソコンを買い替えたんで使い方を教えてくれ、プロ野球の日本シリーズのチケットが手に入ったから一緒に観に行かないか。今思えばそれらはすべて、俺と会って話すための口実だったのではないだろうか。

「……父さん、さ」

無意識に、口が動いた。

「俺、まだ父さんに、何の親孝行もしてないよね」

言い終えて、しばらくして父親の顔を正面から見られなくなった。申し訳なさに胸が支配されていると、父親がきりっとした表情で俺を見据えた。

「親孝行していないことが申し訳ないと思っているなら、もうそれで充分だ」

力強くそう言って、口元に微かに笑みを浮かべた。

俯く目の先に、かさかさになった父親の手がある。皺だらけの太い指にマメができ、どの爪の間にも土が入り込んでいる。この両手には、ひとりの職人として懸命に働いてきた証がある。

この手が、俺にランドセルを買ってくれた。

この手が、俺を大学に行かせてくれた。

この黒ずんだ手が、俺をここまで大きくしてくれたのだ。

「……父さん、俺さ」

目に滲んできたものを指でさっと拭き取り、父親の顔を正面から見た。

「俺、昔から父さんの仕事を内心、見下してたんだよ。いつも汚れた作業着で働いて、ダセぇ仕事だなって。でも実際に自分が社会人になって、働くのがどれだけ大変かってことを知ったんだ。父さんには、本当に申し訳ないと思ってる。ごめん」

鼻の奥に溜まった涙を呑み込み、俺は続ける。

「俺が、完全に間違ってた。ごめん。……本当に、ごめん。ごめんなさい。ごめんなさい……。父さん、本当にごめんなさい」

声を詰まらせながら、何度も頭を下げた。目からこぼれ落ちる涙が、両頬を伝っていく。

そんな俺を、父親は黙って見つめている。

怒るわけではなく、かといって慰めの言葉をかけるわけでもない。胸の前でぎゅっと腕を組み、目を微かに潤ませてただただじっと眺めている。

だが、「俺は、本当にダメな人間だよ」と吐き捨てるやいなや、「バカなことを言うな！」と声を荒げた。

「親孝行していないのを詫《わ》びてきた人間の、何がダメだっていうんだ。バカなことを言うな！」

周囲に乗客がいるにもかかわらず、父親はまくし立てる。

「誠実に勉強して大学に入った人間の、何が劣っているというんだ？　親孝行できていないことに引け目を感じてる優しい人間の、何が劣っているというんだ？　おかしなことを言うな、お前！」

「………………」

自分の人生で、父親に怒鳴りつけられた経験は一度もない。

社会人になってからというもの、俺は人に否定されることに怯《おび》え切っていた。でも、父親のそれは違った。父親のその言葉には、息子の俺を想う気持ちがあふれているのだ。

「それに、お前は弱くない。本当に弱い人間は、人前で自分の弱さをさらけ出せないもんだ。お前は強いんだよ」

とめどなく、涙があふれた。滲む視界の先で、父親は話を続ける。

「雄一。子供の頃、お父さんと一緒に、自転車に乗る練習をしたのを覚えてるか？」

「……」

「お前は器用なタイプじゃないから、何をするにつけても人より時間はかかる。でも、最初さえ乗り越えられたら、あとは人一倍結果を出すタイプだ。自転車に乗れた時もそうだった。乗れるまで時間はかかったけど、お前はあの時、あきらめなかった。転倒しても、何度も何度も立ち上がってきた。お前はできるんだよ。お前ならできる。お前なら、必ずできる」

淀《よど》みなく投げられた言葉には、一片の迷いも感じられない。圧倒的な想いの強さに背中を押され、全身に力がみなぎってきた。

電車は、いつのまにか小磯駅を通過していた。

「……父さん。俺には、どんな仕事が向いてるかな？」

呼吸を整えて、俺は訊いた。父親は、「それは、実際に働いてみないとわからないものだが」と前置きしてから、こう答えた。

「ひとつだけ言えるとしたら、人に、ありがとうと言われて喜びを感じることを、仕事にしたらいいと思う」

「……ありがとう？」

「そうだ。それが、働くということなんだ」

「……」

「そのために、たくさんの人に会いなさい。人間嫌いになってはいけない。生きる答えを教えてくれるのは、いつだって人間だ。コンピューターでもロボットでもなく、人間が教えてくれるんだすべてを。だから、勇気を出して人と接しなさい。大勢の人と、話をしなさい」

父親と、面と向かってこんな話をしたことはなかった。

父親と、もっと言葉を交わしたい。

もっと色々なことを教わりたい。

でも、残された時間は少ない。乗車してもう四十分以上も経過している。

「えー、次は、茅ヶ崎海岸、茅ヶ崎海岸」

茅ヶ崎海岸に近づくにつれて、電車が速度を落とし始めた。父親ともうすぐお別れすることを想像したら、唇が震えた。

「もう、いい。行きなさい」

父親が、諭すように指示してきた。立ち上がろうとしない俺の腕を摑み、「いいから、もう行きなさい」と強引に立たせる。

扉の前に立って、振り返ることができなかった。父親の顔をもう一度見たら、降りられないと思ったから。

電車が、急激に減速し始めた。ごっとん、ごっとん、という音が消え去り、扉が勢いよく開く。

外に一歩を踏み出そうとしたその時、「雄一っ」と叫ぶ声が耳に届いた。振り向くのに躊躇があったが、ゆっくりと父親のほうに目を向ける。

「成長したな」

腕組みをした父親が、満足そうに目を細めている。

俺は、電車の外に出た。

窓ガラスの向こうで、父親は、じいっと目を離さずに俺を見ている。涙を堪えるように、ぎゅっと下唇を噛み締めて。

父親が浮かべたその顔つきを、以前に見た記憶がある。

俺は子供の頃に、これと同じものを。

これと同じ表情を、あの公園で――。

扉が、ゆっくりと閉じられた。茅ヶ崎海岸から、冷たい潮風が吹きつけてくる。

離れていく電車が、涙でぼやけた。

仏壇の扉を開くと、父親の遺影が飾られていた。立ったまま襟を正し、ニッコリと微笑む父親に一礼する。

幽霊電車に乗ったその日の朝、俺は湯河原の実家に戻った。居間で焼香をし、二階にある父親の部屋に足を向ける。

父親の部屋に入るのは、小学生の時以来だ。この畳の上で、父親とよく相撲を取った。なかなか勝てなかったが、中学に入学する直前、父親に足をかけて押し倒したことがある。

でも、今になって思う。父親はきっと、あの時わざと負けてくれたのだ。

木製の書斎デスクの隅に、茶色い一升瓶が置いてあるのが目に入った。ボトルホルダーからはずして手に取ると、ずっしりとした重みが伝わってくる。金色のラベルが巻きつけられ、大吟醸、と表示されていることからも高級品なのだろう。

「そのお酒はね、あんたの就職が決まった時に、お父さんが買ったものなの」

俺の母親が、部屋に入ってきた。勝手に入ってごめん、と詫びる俺に何も返さず、母親は一升瓶にそっと手を当てた。

「お父さん、いつも言ってたわ。あんたといつか、二人だけでこのお酒を呑みたい、って」

商社に就職が決まった時、俺は実家に戻らなかった。付き合いたての志保に夢中で、両親に感謝の言葉ひとつかけなかったのだ。

「……母さん、実は俺、会社辞めたんだ」

呟《つぶや》くように白状すると、間髪入れずに「知ってるわよ、そんなこと」と母親。

「なんで、知ってるの？」

「知らないわけないでしょ。新入社員が急に来なくなって、会社が実家に連絡してこないと思ってる？」

口を閉ざす俺に、母親は声のトーンを落として言った。

「私、お父さんに口止めされてたの。雄一は、一生懸命にがんばってる。絶対に、こちらからは何も言うな、って。あの子は転んでも、必ず立ち上がってくる。あの子が自分からそのことを話すまで待つんだ、って」

面と向かって、母親の顔を見られなくなった。後悔の念が、胸いっぱいに広がっていく。

「お父さん、事故のあった日、なんであの電車に乗ってたか知ってる？」

黙りこくる俺に、母親は神妙な顔を向けた。

「お父さんね、あんたの新しい仕事を探すために、あの電車に乗っていたの」

「えっ」

「知り合いのつてを頼って、うちの息子を働かせてやってくださいと、頭を下げて回ってたの。お父さんは、毎日仕事でくたくたよ。なのに休日になると毎週、慣れないスーツを着て地べたをはいずり回ってたの」

「………」

唇が、ぷるぷると震え始めた。様々な感情が交錯する中、やがて記憶の隅に留めていた点と点がつながっていく。

今年の一月下旬、「カントウロウキショ」という名義で、二十万円が振り込まれていた。ネットで調べても、関東労基署という機関は存在しなかった。当時は何かの間違いで振り込まれたと解釈していたが、今ならはっきりとわかる。あのお金は、父親が俺のために振り込んでくれたのだ。

「俺の家に、米以外に食料品も送られてきてたけど、もしかしてあれも父さん？」

荒い呼気で尋ねると、母親はこくりとうなずく。

自分の不甲斐《ふがい》なさが、許せなかった。この部屋にいるのが申し訳なく感じられて、部屋を飛び出す。

家の外に走り出ると、目の前に、懐かしい公園があった。

小学生の頃、この小さな公園で夏祭りがあった。親子で楽しそうにはしゃぐ周りを尻目に、俺はひとりで参加していた。

寂しそうにブランコに腰を預けていたら、道路の向こうから声が届いた。

「雄一！　雄一っ！」

父親だった。俺のために、仕事を中断して駆けつけてくれた。

俺は嬉々として駆け寄り、父親の胸に飛び込んだ。身につけた作業着が、油の匂いを放っている。その匂いが父親がそばにいることを知らせてくれるようで、安堵《あんど》感でいっぱいになる。

俺は、この匂いが好きだった。

俺は、本当は父親の作業着姿が大好きだったのだ。

「遅れてすまなかった、雄一。ひとりで寂しい思いをさせたな」

しゃがんで俺と目の高さを合わせた父親は、水っぽい目をしていた。時折、唇を噛み締めて、すまなかった、すまなかった、と何度も詫び続ける。

幽霊電車での去り際、父親が最後に浮かべた表情は、この時と同じ顔つきだった。

息子にこれだけ迷惑をかけられたにもかかわらず、それでも俺の父親は自分が悪かったと思っている。息子が会社を辞めたのは、自分がきちんと話を聞いてやらなかったからだ、と。俺の父親は、そこまで自分の子を思いやれる男なのだ。

「アァァァァァァ！　アァァァァァァァァァァァァァァァ！」

俺は、声を枯らして泣いた。アスファルトに膝から崩れ落ち、あたりかまわず泣き続けた。

団地の中の通りで、父親と子供が自転車に乗る練習をしている。土曜日なので、親子で遊んでいる姿が敷地《しきち》の至るところで見受けられる。

「雄一！　そこの軽トラからブロック運んできてくれ！」

「わかりました、竹中さん！」

「ちんたらすんなよ！」

「すぐに持っていきます！」

敷地内に設置された公園に、自治会の集会所を建設していた。首にかけたタオルで額の汗をぬぐい、作業着の袖をさっとまくる。重たいブロックだが、この一ヶ月の肉体労働で腕にだいぶ筋肉がついてきた。

幽霊電車に乗った翌週、俺は東京のアパートを引き払った。湯河原の実家に戻り、竹中さんにお願いして、父親が勤めていた工務店に雇ってもらったのだ。

「雄一くん、お疲れさま。冷たいお茶淹れたから、どうぞ」

ブロックを地面に下ろしていたら、お盆を手に小柄な老婆が現れた。彼女は、この団地に暮らしている。

「いつも本当にありがとね、雄一くん」

「いえ、とんでもないです」

工務店の前で顔を合わせて以来、俺は頻繁に彼女の家を訪れている。亡くなった父親が彼女にしてあげていたことは、俺がすべて引き継いだ。今では、ちょっとした茶呑み友達だ。

「お茶、いただきますね」

グラスを手にしようとしたら、「坂本」と後ろから呼びかけられた。振り向くと、商社で同期だった多賀野がいる。

「何してんだよお前、こんなところで？」

「こないだ人づてに、お前の親父さんが亡くなった、って聞いてな。同期の親御さんだし、家に行って線香上げさせてもらってきた」

多賀野はしおらしい面持ちで述べて、「大変だったな、親父さん」と俺の肩に手を置いた。

「……志保とは、うまくいってるのか？」

俺は、ショッピングモールで二人を目撃したことを伝えた。多賀野は驚いた様子だったが、すぐに「振られたよ」と苦笑いを浮かべる。

「彼女は、どこぞの外交官と付き合い始めたよ。どうやら彼女は、弱音を吐く男は嫌いらしい」

「……畠山さんは、相変わらずか？」

「出世したよ。憎まれっ子世にはばかる、とか言うけど、世の中は仕事ができればあんな男でも偉くなれるようにできているらしい。お前がいなくなったあと、俺があいつに色々とやられるようになってな。俺の営業成績がいいことに嫉妬してよ」

多賀野は、げっそりと痩せていた。頬がこけ、顔の皮膚がところどころ荒れている。

「ところで、親父さんが勤めてた工務店で働いてるらしいな」

「あぁ」

「仕事、楽しいか？」

「楽しいよ。慣れるまでまだまだ時間はかかりそうだけど、お客さんに、ありがとう、ってお礼を言われるのがすごくうれしくてさ」

「そうか。いい表情してるな、坂本」

多賀野はどこか寂しそうに言って、今日も接待があるから、と踵を返した。

「多賀野」

遠ざかっていく背中に、後ろから呼びかけた。すっと振り返った多賀野に、俺は短く告げた。

「がんばれよ」

多賀野は、あぁ、と表情を緩めた。小さく手を振り、駅に向かって歩き始めた。

傾いた日の光を受けて、団地全体が橙色に染まり始めた。自転車に乗る練習をしていた少年は、まだ父親と続けている。近い将来、彼にも成功する日がくるだろう。

俺は、父親の会社でやっていくことに決めた。

俺は、まだまだ未熟者だ。でもいつか、尊敬する父親を越えたい。この会社で、社長を目指したい。父親を越えるのが、最大の恩返しになると思うから。

そしていつか、念願叶った晩には——。

父親の部屋で、あの日本酒を開けようと思っている。

第三話　あなたへ。

細い雨が、しとしとと降り続いていた。保育所の庇を伝い、地面に跳ね返って足元を濡らしてくる。

「お待たせ。今日もいい子にしてた？」

隣で雨宿りする少年を、若いお母さんが迎えにきた。少年は喜びを顔にみなぎらせ、くっつくようにお母さんの傘の下に入る。

ぼくには、一向に迎えはこない。でも、それはわかりきっていることだ。ぼくに優しくしてくれる人など、この世界にひとりもいない。

凍《い》てつくような冷たい風が、右頰のガーゼを揺らした。この白いガーゼの下には、真っ黒な痣《あざ》がある。

この気持ち悪い痣のせいで、色々と苦労をさせられてきた。苦い思い出が頭をかすめると、背負ったランドセルが急に重く感じられる。

目線の先に、二十階建ての高層ビルがある。遠目にビルの屋上を眺めながら、この世に踏みとどまれる何かを探して、もう一度だけ過去を整理する。

でも、自分が歩んできた十一年の人生に、希望は転がっていなかった。

ぼくが小学校五年生の時に、両親が離婚した。

離婚の原因は、お母さんの浮気だった。必ず、和幸にまた会いにくるからね。お母さんはぼくにそう言い残して、マンションを出ていった。

ぼくは、お父さんに引き取られた。でも、システムエンジニアをしているお父さんは仕事で忙しい。放課後になると、お父さんが会社から帰ってくるまで、地元の学童保育所で過ごすことになった。

ぼくは体が小さく、昔からいじめられがちだった。頬の痣はいつもガーゼを貼って隠していたが、六年生になってからというもの、同じクラスのケイゴくんに痣をバカにされるようになる。

多忙なお父さんは、帰宅が深夜になるのはざらだった。学童保育所を訪れることは次第になくなり、親が迎えにきてくれる他の子をよそに、ぼくは毎日ひとりで家に帰るようになる。

学校では、ケイゴくんのいじめがエスカレートするようになった。

「よう、痣」

何かにつけて、彼はぼくの痣をからかってくる。給食袋を盗まれ、靴を隠され、クラスメイトの前で頬のガーゼを剝がされることもあった。先生は助けてくれず、ぼくはクラスで孤立してしまう。

六年生の三学期のある日、地元の繁華街でお母さんを見かけた。お母さんが家を出て行ってから、一度も顔を合わせていない。でも、お母さんならきっとぼくを助けてくれる、と思った。

最後の希望を胸に、人混みを縫って距離を詰めた。

「お母さ……」

横から声をかけようとして、言葉を失った。

お母さんは、胸に赤ん坊を抱えている。知らない男の人と手をつないで。お父さんの前で見せたことがない、幸せそうな笑みを浮かべて。

ぼくと目が合うと、お母さんは驚いたような表情を浮かべたが、すぐに顔を背けた。あなたのことなんて興味がないんですよ、と言わんばかりに。

立ち尽くすぼくを、後ろから来た人たちが無遠慮に追い越していく。ぼくの肩に体がぶつかっているのに、誰も謝ろうとはしない。

ぼくは、誰からも愛されない――。

遠ざかるお母さんの背中を見ながら、生きる意味を見出《みいだ》せなくなった。

雨が、一層勢いを増してきた。地面のあちらこちらに、黒い水溜《みずたま》りが生じている。

迎えに訪れた親に連れられて、子供たちが続々と保育所を出ていく。時刻は、もうすぐ七時になる。庇の下で雨宿りをしているのは、ぼくだけだ。

惨めだった。

世界中で、自分だけが取り残されているような気がして。

怖かった。

強まる雨音が、この世界の恐ろしさを物語っているようで。

だから、行こう、と思った。視線の先にある、高いビルの屋上に。

「君は、誰かを待っているのかな？」

庇の外に踏み出そうとしたその時、向こうから若い女性が現れた。右手で大きな傘を持ち、ぼくの背丈に合わせるように腰を折っている。

紺色のブレザーを纏った、中学生っぽい女性だ。艶のある長い黒髪を、後ろでひとつに束ねている。

「……」

大きな瞳に見つめられて、言葉が出てこなかった。緊張で俯き加減になるぼくを、その女性は探るように眺めている。でも、怖い目ではない。視線が合うと、ぼくを安心させるように目元を緩めてくれる。

突然、保育所の窓の向こうから、しっとりとした音色が聞こえてきた。遊戯室に掛けられたアンティーク時計は、正時になると付属のオルゴールを奏でる。何度も耳にしているが、ぼくはこの曲のタイトルを知らない。

「素敵な曲よね」

彼女が、窓のほうにすっと目を向けた。雨音と調和する曲調を楽しむように、リズムに合わせて小さくあごを引いている。

「お姉ちゃん！」

保育所の戸を引いて、ランドセルを背負った男の子が駆け出してきた。普段、低学年向けの教室にいる子だ。会話をしたことはないが、何度も見かけて顔は知っている。

「お待たせ、優太《ゆうた》」

「遅いよ、お姉ちゃん！」

「ごめんね、遅れて。……ところで、君」

男の子に顔を向けていた彼女が、ぼくに視線を戻した。

「お姉ちゃんの傘の中に入りな。一緒に帰ろう」

穏やかな口調で告げて、ぼくの頭に手をそっとあてがった。突然の申し出に、返事に窮してしまう。

「優太。悪いけど、もう少しここで待ってなさい。あとでもう一度迎えにくるから」

女性が声をかけると、優太と呼ばれた子は「えー」と不満そうな顔をした。「優太、メッ！」と彼女が鋭い目を向けると、「わかったよー、貴子《たかこ》姉ちゃん」と渋りながらも受け入れた。彼女の名前は、貴子というらしい。

「じゃ、行こうか、君」

「……」

「いいから、遠慮しないでほら。傘の中においで」

包み込んでくるような柔らかい笑みに、自然と体が動いた。普段、見知らぬ人に覚える警戒心が芽生えてこない。彼女の左側に立って、小さく会釈する。

ブレザーに記された学校名と襟章から、彼女が中学三年生だということがわかった。でも、中学生とは思えないほど、立ち居振る舞いは大人びている。

「優太、いい子にしてるのよ」

ぼくと並んで歩きながら、貴子さんは小さく手を振った。優太くんは拗《す》ねた表情を浮かべているが、「行ってらっしゃーい」と手を振り返してきた。

「これで、濡れた頭を拭きな。風邪引くよ」

肩に提げた学校鞄から、貴子さんが黄色いハンカチを取り出した。

「……ありがとう、ございます」

お礼を述べる声が、震えていた。今までいじめられてばかりで、赤の他人に親切にされたことは一度もなかったから。

「君の家は、どこかな？」

頭の後ろをハンカチでこすりながら、家の場所を知らせた。「そう。私の家から、そう遠くないね」と彼女。

大粒の雨の中、住宅街の舗道を並んで歩いた。彼女は、左手に小さなビニール袋を持っている。隣にいると、袋から甘い匂いが漂ってくる。

歩きながら、彼女が背の低いぼくと歩幅を合わせてくれているのがわかった。絶妙な緩急をつけて、ぼくが傘からはみ出さないようにしてくれている。

横から見える彼女のうなじは、紙のように白い。品のよさが体の内側から滲み出ているようで、目が合うと、黒々とした大きな瞳にすうっと吸い込まれそうになる。

江之浦の駅前通りを抜けると、川に架かる大きな橋が見えた。角を曲がって橋の歩道に入ろうとした時、彼女が歩調を速めた。追いかけるように歩道に足を踏み入れると、傘の持ち手を変えた彼女がいつのまにか左側にいる。

橋の上を、車が水しぶきをあげながら猛スピードで行き交っていた。歩道を進みながら、彼女が体を入れ替えた理由に気づいた。彼女は、ぼくに車道に近い側を歩かせないようにしているのだろう。万が一、事故に遭うことを考えて。

突然、強い雨風が右頬をかすめた。痣を隠しているガーゼが、ペロンとめくれてしまう。

胸の鼓動が、バクバクと速くなった。おそるおそる隣に顔を向けたが、露になったぼくの痣を目にしても、彼女は顔色ひとつ変えない。ニコッと微笑み、「風が強くなってきたから、もう少し中に入りな」とぼくの左腕を引っ張った。

傘の外にはみ出した彼女の制服は、大雨に打たれてビショビショだ。だけど、彼女は愚痴ひとつ言わない。雨に打たれようと、通り過ぎる車の水しぶきを浴びようと、まったく動じない。

橋を抜けてしばらく進むと、ぼくのマンションが見えてきた。

「ぼくの家は、そこです」

マンションの前に到着すると、雨が小降りになってきた。傘から出て、「ありがとうございました」とお辞儀をすると、彼女が手にしていたビニール袋を差し出してきた。

「これ、ドーナツ。よかったら、家で食べな」

「いや、いいです！」

顔の前で手を振ったが、胸に袋を押し当ててきた。なおも断るぼくに、「いいから、遠慮しないで」と手に握らせてくる。

「……ありがとう、ございます」

「じゃ、しっかりね」

そう言って背を向けた彼女を、見えなくなるまで眺めていた。角を曲がる際、彼女がぼくのほうを見た。手を振りながらニッコリする彼女に、深々と頭を下げる。

家に入って、彼女にもらった袋から中身を取り出した。横に長い紙の箱を開けると、色鮮やかなドーナツが三つ並んでいる。このドーナツはおそらく、優太くんにあげるものだったのだろう。

一緒に歩きながら、彼女はぼくに何も訊いてこなかった。名前も。学年も。そして、家庭の事情も。

でも彼女は、ぼくが何か辛いものを抱えて生きていることを見抜いている。じゃないと去り際に、「じゃ、しっかりね」などとは言わない。

誰もいない台所で、琥珀《こはく》色のドーナツにかじりついた。甘い洋菓子を食べるのは、何年振りだろう。ひと噛みごとに、濃厚な砂糖の味が口いっぱいに広がっていく。

いつのまにか、喉元が濡れていた。垂れ落ちていく温かい液体に、自分が泣いていることに気づいた。

貴子さんと出会って以来、死にたいと思う気持ちが薄らいでいた。

あの日、彼女が渡してくれた黄色いハンカチは借りたままだ。保育所で会えたら返そうとランドセルに入れていたが、優太くんを迎えにくるのはいつも彼の母親だった。

三月になったある日、優太くんに自然な感じを装って貴子さんのことを尋ねると、彼女は中学生なのにアルバイトをしている、と教えてくれた。

親がシングルマザーで、家計を助けるために放課後、配達の仕事をしているらしい。普段は勤務を終えた母親が保育所に迎えにくるそうで、彼女があの日やってきたのは珍しかったようだ。

結局、貴子さんが再び保育所を訪れることはなかった。ぼくは彼女と再会することなく、小学校卒業と同時に、学童保育も卒業した。

電車の窓の向こうに、青々とした相模湾が広がっている。慣れない電車通学だが、窓から海を眺めると、どこかほっとする。

「えー、小田原城前、小田原城前」

車内アナウンスと同時に扉が開くと、目の不自由な女性が盲導犬を連れて乗車してきた。

「すいません。わざわざ電車にまでついてきてもらって」

「いえいえ。盲導犬を連れての初めての外出は、何かと不安でしょうからね」

付き添う男性が優しく言うと、その女性は安心したように表情を緩める。

朝のこの時間帯に電車に乗って、今日で二週間になる。

小学校を卒業したぼくは、南鎌倉駅近くの市立中学に入学した。小学校の担任の先生が、この中学は人間関係がいい、と教えてくれた。ぼくをいじめていたケイゴくんが、地元の中学に行くと耳にしていたから、ということもある。お父さんと話し合って、電車で一時間ほどのこの学校に通うことにした。

前川駅に到着すると、車内が混雑してきた。空いている場所を探して三両目に足を向けると、連結部分のガラス窓の向こうに、制服を着た女性がつり革を握っているのが見えた。

見覚えのあるポニーテールを目にして、胸がどきどきと張り詰めてくるのを感じた。あの大雨の日、隣でずっと眺めていた横顔がそこにある。貴子さんだった。

彼女は、白いセーラー服を着ている。胸元に真っ赤なスカーフをし、左手でカバーのついた文庫本を読んでいる。

ぼくの学校鞄の中には、彼女があの日貸してくれた黄色いハンカチが入っている。もう会うことはないだろうと、あきらめていたけど、ずっと持ち歩いていた。

隣の車両に、目が釘付けになった。彼女があの日僕に見せた一挙手一投足が、正確に、かつ鮮やかに頭の中を駆け巡る。時間が圧縮されたように、いつのまにか南鎌倉駅に到着していた。

電車を降りた彼女を、離れたところから追いかけた。私鉄に乗り換えるのを見て、適当な金額で切符を買う。学校に遅刻するとか関係なかった。無我夢中で、彼女と同じ電車に乗る。

車内で女友達と顔を合わせた彼女は、友達と一緒に次の駅で降りた。下車してあとをつけると、駅から五分ほど歩いた目抜き通りにある、大きな女子高の門をくぐった。だだっ広いグラウンドで、女子生徒がソフトボールの朝練をしている。

彼女の学校が女子高だったことに、ほっとする自分がいた。電車で彼女を発見してからというもの、初めて夏祭りに行った時のように心が弾んでいる。

彼女に会いたかったのは、あの日のお礼を言うためではない。ハンカチを返すためでもない。

ぼくは彼女に、恋をしていたのだ。


翌朝。

普段同様に江之浦駅から七時十分発の快速電車に乗ると、隣の車両に貴子さんがいた。昨日と全く同じ場所で、つり革片手に文庫本を読んでいる。

彼女をもう一度見られた興奮で、昨晩は寝つけなかった。真夜中に帰宅したお父さんに、お帰りなさい、と声をかけにいったほどだ。

つり革を手に、二両目の端から彼女を眺める。連結部分を隔てて、二メートルほど先に彼女の横顔がある。何かの拍子に彼女が顔の向きを変えると、勘づかれたと思ってさっと首を引っ込めてしまう。

彼女に声をかけることを想像したら、緊張で首筋が汗ばんできた。ただでさえ、極度の人見知りだ。好きな人に告白するなんて、ハードルが高すぎて生きた心地がしない。

もちろん、告白するのはもっと先で、ひとまずあの日のお礼を述べるだけでもいい。友達になって距離を縮めてから、好きです、と告げるやり方もある。けどそもそも彼女に、彼氏がいない保証はない。女子高とはいえあれだけの美人だし、いないほうがおかしいのではないか。だとしたら、友達から始める意味はあるだろうか。というか根本的にまず、ぼくみたいなやつと友達になってくれるだろうか。そして仮になってくれるとしても、声をかけた際に近くにもしクラスメイトがいて妙な噂を広められたらどうしよう。それが原因で、またいじめられるようになったら最悪だ。今は友達こそいないけど、クラスメイトにいじめられているわけではない。毎日ひとりで給食を食べるのは寂しいけど、ケイゴくんにいじめられてた時を思えばそんなのはどうってことない。だから声をかけるのであれば、万全を期してこの電車ではなく周りに誰もいないところでやったほうが——とか考えていたら、電車が揺れた拍子に彼女がこちらに顔を向けた。焦って、その場にしゃがみ込んでしまう。

妙なマイナス思考が連鎖し、その場を一歩も動けなかった。

翌朝も。

そのまた翌朝も。

ゴールデンウィークが明けてからも。

朝の明るみが、遠方から滲むように広がってきた。時間を追うごとに、改札を抜けていくスーツ姿の人が増えてきている。

　ぼくは江之浦駅前の喫茶店のそばで、貴子さんの到着を待っていた。正確には、待ち伏せをしていた。

　電車の中で声をかけるのは、公衆の目が多すぎてやりにくい。その点、早朝の駅前は人が少ない。駅近辺で待ち伏せし、偶然を装って声をかけようと考えた。

　それぞれ別の方向から歩いてきて、駅前で鉢合わせするのがベスト。自然な感じで再会できるし、彼女と顔を合わせてしまったらもう逃げられない。退路を断つ意味でも、このやり方を選択した。

　彼女がどの道から来るかは、先週の早朝に調査済みだ。ちなみに今日という日を選んだのは、今朝の情報番組の星座占いが一位だったからだ。この占いは結構当たる。

　腕時計を見ると、まもなく七時になる。電車は七時十分発だし、そろそろあの商店街を抜けてくるんじゃないか。そう予測して喫茶店の陰から首を伸ばしたら、遠目に彼女が角を曲がってくるのが見えた。国道の歩道をゆっくりと歩いてきている。

　彼女の姿が大きくなるにつれて、まだかなり距離があるというのに慌てて首を引っ込めた。急に、全身に沁《し》みるような緊張に襲われる。動悸の激しさは、電車で眺めている時の比ではない。体中の血液が胸に集まり、どっくん、どっくん、という心臓音が加速度的に大きくなっていく。

彼女が駅前にたどり着くまで、あと二分ほどだ。落ち着け。落ち着くんだ。

大丈夫。

大丈夫だ。

命を取られるわけではない。ただ声をかけるだけだ。

でも、告白して断られたらどうしよう。ぼくはそのあと生きていけるだろうか。

いや、今日はまず前に会った時のお礼だけでいい。そこからすべてが始まるんだ。

いける。

絶対にいける。

いける！

様々な葛藤を制し、喫茶店の陰から国道に飛び出した。何食わぬ顔をして、横断歩道を抜けてロータリーに向かい始めた彼女に横から接近する。

が、彼女が近くに見えた瞬間、急に進行方向を変えてしまう。駅の改札ではなく、彼女が歩いてきた方向に進んでいく。まるでその方向に元から用事があったかのように。

ぼくは何をやっているんだ、と思いながらも、足を止められない。いやむしろ、告白しないで済んだ安堵感で、離れていくのがどこか心地よかったりする。

我に返った時には、駅から遠く離れた商店街の中にいた。さっきまでの緊張が何だったのかと思うほど、胸の動悸はぴたっと収まっている。

時間がたつにつれて、猛烈な自己嫌悪に襲われた。路地裏からよたよたと現れた野良犬が、ぼくに見向きもしないで通り過ぎていく。自分の価値のなさを告げられたような気がして、死にたくなった。

その日から一ヶ月ほどたった、六月のある日のこと。

ぼくはいつもの早朝の電車で、貴子さんと同じ車両に乗っていた。

色々と考えた挙句、作戦を変更することに。自分で声をかけられないなら、向こうからかけさせればいい。例のごとく駅前で待ち伏せしたあと、貴子さんのあとをつけて同じ車両に乗り込んだ。自分の存在に気づいてもらえるよう、彼女から扉を挟んで二つ目のつり革を握った。ぼくの左隣には、つり革片手に週刊誌を読むオジサンがいる。そのオジサンを壁に、彼女の様子をうかがいながら気づかれるのを待つ。

ぼくは、文庫本を手にしていた。この文庫本は、彼女が今読んでいるものと同じだ。近くで同じ本を読んでいる人がいたら、絶対に気になる。ぼくに感づく可能性が高まるだろう。

彼女が読んでいる本は、二日前に隣の車両から目を凝らして確認した。彼女はいつも本にブックカバーをしているが、その日に読んでいた本にはなかった。おそらく図書室で借りたんだろう。彼女はだいたい四日で一冊を読み終える。バイトはしているだろうから、通学の行き帰りに車内で読む、と踏んでいる。ちなみにその作者の本は、他にも何冊か読んできた。彼女に声をかけられた際、「ぼくもこの作者の大ファンなんです！」と盛り上がるためだ。伊達《だて》に帰宅部で暇はしていない。

でも、彼女はぼくに全く気づいていなかった。本に夢中で、一度たりともこちらに目をくれない。

自分の存在をアピールするべく、わざとらしく咳《せ》き込んでみた。それこそ喘息《ぜんそく》でも持っているかのように、両手を口にあてがってごほん、ごほん、とやってみた。だが、彼女はぴくりともしない。

もどかしかった。

こちらとしては、今日こそ会話ができると思って、朝から歯を二回磨いてある。彼女と話しながら、こう質問されたらこう答えようと、何度もシミュレーションしてきている。趣味を尋ねられたら、彼女に合わせて読書、「休日は何をしているの？」と訊かれたら、少しイケてる感じを出して「本を読んでいるか、ビリヤードをしています」と答えるつもりでいる。ちなみに本当の趣味は深夜アニメ鑑賞で、休日なんて家でごろごろしているだけだ。

そして、「もしかして、君はあの時の?」と話を向けられたら、数秒間気づかないフリをしようと決めている。すぐに思い出せると、再会を待ち望んでいたニュアンスが強く出すぎてしまう。少しだけスカして値打ちを出すほうが、その後の展開が有利に働きそうな気がする。

彼女をちら見しながら、用意している言葉を頭の中で繰り返し復習した。でも、彼女はぼくに気づかない。

「えー、前川、前川」

車内アナウンスと同時に、扉が勢いよく開いた。南鎌倉まであと四十分しかないな、と気を揉《も》んでいたら、隣のオジサンがつり革を離した。下車するのを見て、おもいきってそのつり革に移動する。

扉を挟んだすぐ先に、彼女がいる。今までで、もっとも近い距離まできている。そう思った途端、心臓がバクバクし始めた。

落ち着け、冷静になるんだ。大丈夫、死ぬわけではない。

もう一度、咳き込んでみるか。この距離でごほごほやったら、さすがに一度くらいはこっちに目を配るだろう。でも、わざとらしすぎないかな。ただでさえ同じ文庫本を手にしてるわけだし、すべて計算づくでやってることがバレないだろうか。もしバレたら、ほとんどストーカーだ。気持ち悪がられるに決まってる。だったらこのままじっとしてるほうがリスクは低い。でもじっとしてたところで彼女は気づきそうもないし、間《あいだ》を取って小さく咳き込むぐらいがベターなんじゃないか——。

緊張と葛藤で何もできずにいたら、小磯駅に到着した。開いた扉から、腰の曲がった老婆が段差を気にしながら一歩ずつ足を踏み入れてきた。動作の遅い彼女を待ちきれないように、左右の隙間から大勢の人が乗り込んでくる。

突然、貴子さんが文庫本をぱたんと閉じた。ぼくは慌てて目線をはずしたが、彼女がなぜ急に本を閉じたのか気になって仕方がない。

ぼくはほんの数センチだけ顔を左側に向けて、そっちを見ていると思われないぎりぎりまで眼球を動かして彼女の様子を確認した。すると彼女は、こっちに真剣な眼差しを向けている。

ついに、気づかれた。

望んでいたこととはいえ、急速に身が引き締まってきた。文庫本を持つ手が小刻みに震え始める。

本に目を落としてそわそわしていたら、彼女が動く気配があった。いよいよ、来る。

ところが――。

「おばあさん、よければこちらのほうに」

彼女は、ぼくのそばを通過していった。空いている席を探してきょろきょろしている老婆の手を引き、車両の奥に設置された優先座席に誘導してあげている。

老婆を席に座らせたあと、彼女はぼくの後ろのつり革を握った。何事もなかったかのように、読書を続行している。

後ろのつり革に移動するだけの心のスタミナが、もうなかった。最後の悪あがきで、もう一度だけ咳き込んでみた。だが、彼女がぼくに感づくことはない。

あくる日からも、あの手この手で彼女に近づこうとした。

でも、毎度心の弱さが顔を出して、どれも失敗に終わってしまう。

気がつくと、中学一年が終わりを告げていた。

電車の窓の向こうに、海岸線に沿って砂浜が白々と広がっている。海開きを待ちきれないように、浜辺で楽しそうにビーチバレーをしている人たちがいる。

　小磯駅の扉が開くと、駅員さんが車椅子用のスロープを設置した。

「いつもすいませんね、北村《きたむら》さん」

「とんでもない。じゃ、押しますよ。ゆっくり、いきますからね」

　駅員さんが、額に汗を浮かべて車椅子を押してきた。勤勉なその姿に、朝から心が和む。

　ぼくは今朝も、いつもの場所から隣の車両を眺めていた。

　中二に進級しても、彼女に告白できないままだらだらと時間だけが過ぎていく。連結部分の扉が、ベルリンの壁のように厚い。この扉の二メートル先に彼女がいるというのに、どうしても扉に手をかけられない。

「隣の車両に、誰か気になる人でもいるのかい？」

　つり革を手に悶々《もんもん》としていたら、目の前のロングシートに座った男性が声をかけてきた。

「さっきから、この扉の向こうばかり見てるからさ」

　答えを促すように、その若い男性は続けた。伏し目がちに見る彼の顔に、どことなく見覚えがある。思い出した。中学に入学した頃に、電車の中で盲導犬を連れた女性に付き添っていた人だ。

「不躾《ぶしつけ》な質問で恐縮だけど、もしかして誰か好きな人でもいるのかい？」

「違います！」

そう訊かれるのを見越していたかのように、即座に返した。失礼だな、この人は。でも、顔が赤くなってるのが自分でもわかる。バレバレじゃないか。

その場にいづらくなって、離れた場所に移動した。まぁでも、あの男性がぼくを不審に思うのも無理はない。覗き込むようにあれほど隣の車両を眺めてるやつなんて、通報されてもおかしくないのだ。

電車が、茅ヶ崎海岸駅に到着した。開け放たれた扉の前で耳を澄ますと、単調に繰り返す波音が遠くに聞こえる。

毎朝この電車に乗りながら、いつも願っていた。いつかあの浜辺を、彼女と手をつないで歩きたい、と。

ともに、素足になって。

時間を忘れて、さらさらの砂の上をゆっくりと。

会話なんて、なくてもいい。

ただ手をつないで、青い海を眺めながら歩きたい。

だけど、その日は一向にやってこない。

何もできないままに、夏が猛スピードで駆けていった。

南鎌倉の駅前は、若い男女で賑《にぎ》わっていた。目に入るどの建物も、赤と白、緑の三色で飾り付けがしてある。クリスマスイブの夕方に、ひとりで出歩くのは寂しい。

大通りをはずれた先に、レンガ調の大きなカフェがある。十一月の末、学校が終わって南鎌倉をうろついていたら、そのカフェで貴子さんが働いているのを偶然見かけた。それ以来、放課後になるとそのカフェまで出向き、店の外から彼女を眺めている。

でも、今日来たのには別の理由がある。クリスマスイブの夜に、彼女が働いているかどうかを確認するためだ。

貴子さんに彼氏がいるなら、イブにバイトをすることはまずない。年頃の女の子だし、彼氏とどこかに出かけるだろう。貴子さんは普段、月曜日から金曜日まで一日も欠かさず働いている。ゆえに今日だけ店にいなければ、貴子さんには彼氏がいる可能性が高い、ということになる。

大通りから脇道へ抜けると、見慣れた店構えが視界に飛び込んできた。茶色いレンガが敷き詰められた屋根に、サンタクロースとトナカイがデザインされた電飾アートが施されている。

店に近づいていく足取りが、重かった。もし今日彼女がいなければ、ぼくの戦いは終わりを告げる。確かめたいような確かめたくないような気持ちに苛《さいな》まれながら、店が見えるところまでやってきた。普段いる電信柱の背後に、今日もささっと身を潜める。

この一年九ヶ月やってきたことを考えると、怖くて顔を上げられなかった。でも、彼氏がいないのがわかれば、それはそれでまた戦える。深々と息を吐き出し、おそるおそる外のオープンテラスに視線を投げた。

いつも着ている、ギンガムチェックのコックシャツ姿の彼女が、そこにいた。紅白のサンタ帽をかぶり、お客さんにシャンパンを注いであげている。

思わず、ガッツポーズをしてしまった。握り締めた拳を天に振りかざして、何度も何度も。こんなにうれしかったのは、小四の時にお父さんに人生ゲームを買ってもらった時以来だ。

そのお父さんが、カフェに隣接する店のショーウインドウを見て回っていた。お父さんの会社は、南鎌倉にある。初めて見かけたが、普段からこの付近をぶらついているのだろうか。

お父さんの隣には、派手な毛皮のコートを身に着けた若い女性がいる。お父さんの彼女だろうか。

先月ぐらいから、お父さんの帰宅がぐっと遅くなった。晩ご飯代として毎朝、台所のテーブルに千円札が一枚置かれるようになった。「いつもすまない、和幸」と書かれた置き手紙を添えて。

お父さんは、お父さんなりにがんばっている。寂しいけど、帰りが遅かろうが彼女ができようが別にかまわない。

カフェの掛け時計が八時を示した頃、学校の制服に着替えた貴子さんが店を出てきた。人気の少ない裏通りに足を向けたのを見て、離れた場所からあとをつける。

通りの途中にある教会の前で、彼女がぱたりと足を止めた。慌てて自動販売機の陰に隠れると、礼拝堂の中からパイプオルガンの柔らかい音色が漏れ聴こえてくる。

彼女はそっと目を閉じ、パイプオルガンの音色に耳を澄ませていた。耳に覚えのある旋律に、学童保育所にいた頃の記憶が蘇《よみがえ》ってきた。保育所のアンティーク時計が正時になると奏でる、オルゴールの曲と同じメロディだ。

あの大雨の日、彼女はオルゴールの音色を聴きながら、「素敵な曲よね」と呟いていた。そしてそのあと、傘の下を二人で並んで歩いたことが鮮烈に脳裏を駆け巡る。

告白するのは、今をおいてないんじゃないか――。

なんといったって、今日はクリスマスイブだ。うまくいけば、これから一緒に過ごすことだってできる。彼女に彼氏がいないのがわかって、追い風も吹いている。やるなら、今しかない。

例のごとく、心臓がバクバクし始めた。この胸を突き破るような嫌な鼓動を味わうのは、これで何度目だろう。

「よう、彼女っ！」

自販機の陰から一歩を踏み出せないでいたら、茶髪の若い二人組が通りの向こうから歩み寄ってきた。彼女の肩に馴《な》れ馴《な》れしく手を乗せ、「イブにひとりで何してるの？」と顔を近づけている。

行き過ぎようとする彼女の手首を、大柄の男がさっと摑んだ。「俺たちとどっか行こうよ」と誘っている。

最悪だ。二人して、いかにもヤバそうな連中だ。ともにピアスをしているし、大柄のほうに至っては右の足首にいかついタトゥーが入っている。

もちろんこんな不良相手だとて、彼女を助けにいくのは選択肢のひとつとしてある。彼女のためなら、命だって捨てられる覚悟はある。だけど今ここで出ていったら、彼女は確実にぼくのことを思い出すだろう。そうなると絶対、「なんで君がこんなところにいるの?」となる。なんて説明すればいいんだ。そして万が一、毎日カフェの外から眺めていたことがバレたら、この連中よりぼくのほうがたちが悪いんじゃないだろうか。

「け、警察だ! 警察が来るぞ!」

混乱したぼくは、気がつくと叫んでいた。近くの脇道に移動し、三人に見えないところから「おまわりさん、こっちです! 早くあの女性を助けてください!」と声を張り上げる。

民家の外柵の隙間から目を向けると、不良たちはどこかに消えていた。よかった、と胸を撫で下ろした時だった。

「和幸じゃないか。何をしてるんだ、こんなところで?」

振り向くと、脇道の奥からお父さんがこちらに向かってきている。後ろに、さっき一緒にいた女性を従えて。

同時に色々なことが起こりすぎて、パニックになった。どうしていいかわからず、目の前の通りにぽんと飛び出した。学校鞄で顔を隠し、そのまま貴子さんの前を一気に走り抜ける。

「おい、和幸! 和幸!」

お父さんの声を背中に浴びながら、一心不乱に駆け抜けた。ぜえぜえ言いながら、途中で目に入ったパチンコ屋とコンビニの隙間に身を滑り込ませる。

彼女に、バレただろうか。いやでも、学校鞄で顔は完全に隠せていた。極限の焦りの中でも、顔を隠すのだけは冷静に対処できていたはずだ。

時間がたつにつれ、興奮が収まっていった。今日あったことを順に頭で整理し、自分に都合のいい解釈をしながら何か抜かりはなかったかひとつずつチェックしていく。

家に戻り、お父さんに「何してたんだ、今日？」と訊かれたら、適当に説明しておこう。いずれにせよ、貴子さんに彼氏がいないのが判明したわけだ。その大きな喜びが他の不安要素を打ち消し、胸に安堵感がじわじわと広がっていく。

しかし、はたと気づいた。

ぼくが今ほっとしているのは、貴子さんに彼氏がいないのがわかったからではない。不良に絡まれた彼女が無事だったからでもない。彼女に顔を見られなかったからでもない。

ぼくが安堵しているのは、彼女に告白せずに済んだからなのだ。そのことに一番、ほっとしているのだ。

状況は、一ミリも進展していない。ぼくは今日もただ逃げてきただけなのだ。

自分が情けなかった。筋金入りの弱虫である事実を突きつけられて、愕然《がくぜん》とする。今回の件がトラウマになり、それ以降、カフェを訪れることはなかった。年が明けてからも、無駄に時間だけが過ぎていく。

彼女に告白できないままに、ぼくは中学三年になっていた。

前川駅の扉が開くと、リュックを背負った小学生がひとりずつ乗り込んできた。付き添いの先生の指示に従い、乗客に迷惑をかけないよう奥の扉側にぞろぞろと移動している。

今から遠足で鎌倉を訪れるのだろうか。どの子も、何も悩みごとがなさそうな顔をしていてうらやましい。

この電車で貴子さんを見かけてから、二年が過ぎた。真横にある連結部分の扉を、ぼくはいまだ開けられないでいる。

この扉の向こうに行って、「好きです！」と一言告げればいいだけの話だ。やりようによっては、ものの十秒で片がつく。でもこの二年間、そのたった一言が言えないでいる。

あの雨の日に借りた黄色いハンカチは、鞄にずっと入れてある。今思えば、このハンカチだけでも初めて見かけた時に返しておけばよかった。そうしておけば、告白できないまでも友人関係として楽しい時間を過ごせていたかもしれない。でも、今となってはもう遅い。いや遅くはないんだろうけど、これだけ引っ張っておいて今さらハンカチだけ返すってのもな。まぁそもそも、ハンカチを返すだけの度胸もないわけなんだけど。

様々な思惑が交錯しながら、ふと隣の車両に視線を投げた。が、瞬時に目を逸らした。というより、頭を引っ込めた。文庫本を手にした彼女が、こちらをじっと眺めていたからだ。

こんなことは、今まで一度もなかった。頭の中に、はてなマークが無限に浮かび上がってくる。

ぼくは、近くで密集している小学生の群れに身を紛れ込ませた。真相を確かめるべく、離れたところからそうっと首を伸ばすと、彼女は再び本に目を落としている。たまたまだったたか。なんだったんだ、今の……。

「君たち、今から遠足にでも行くのかい？」

頭を整理できないでいたら、ロングシートの端に座った男性が、小学生たちに声をかけた。ぼくに以前、「隣の車両に気になる人でもいるのかい？」と話しかけてきた人だ。それ以降も、この車両に乗っているのを何度か見かけている。

彼は、ぼくの彼女への気持ちにおそらく気づいている。今日はなんだか、この車両は居心地が悪い。彼女がこちらを眺めていないのをもう一度確認し、ぼくはその場を離れていった。


五月の、ある日のことだった。

「よう、痣。久々じゃねぇか」

学校から戻って江之浦の駅前を歩いていたら、後ろから肩を摑まれた。振り返ると、小六の時にクラスメイトだったケイゴくんがいる。

「相変わらずチビだな、お前。全然背伸びてねぇじゃねぇか」

二年ぶりに見る彼は、ずいぶん背丈が伸びていた。ぼくより二十センチは高く、百七十センチはあるだろう。以前よりも威圧感がすごく、尻込みしてしまう。

「悪いけど、金貸してくんない？」

一切悪びれることなく、彼は細い眉を近づけてきた。顔つきからして、殴ってきそうな雰囲気がある。怖くて財布から千円札を抜き出したら、入っていた千円札三枚すべてを抜き取られた。

「サンキュー、痣。これは、お礼だ」

意地の悪い笑みを浮かべて、ぼくの右頬のガーゼをさっとはずした。相変わらず汚《きた》ねぇなぁ、と笑いながら商店街のほうに駆け抜けていく。

通っている中学で、痣をバカにされることは一度もなかった。コンプレックスを払拭できたつもりだったが、久方ぶりに揶揄されて気分がずんと沈んできた。

小学生の頃にずっと抱いていた、卑屈な感情に支配される。冷静に考えてみると、こんな痣のある人間が貴子さんに告白してうまくいくはずがない。気持ち悪がられて、恥をかくだけなんじゃないか。

彼女にこの二年間してきたことが、とてつもなく無意味な行為に思えてきた。

今後、彼女と一緒の電車に乗るのはやめよう。そうすればもう、告白しなくて済む。その考えが頭をよぎった時、心の底からほっとしている自分がいた。全身に張りついていたストレスの粒が消え去り、清々《すがすが》しいまでに心が軽い。

麻薬にも似たその安堵感に、抗《あらが》えなかった。ぼくは翌日から、通学の電車を一本早めた。

ぼくの生活から、彼女の存在が消え去った。

だけど、想いまでが消えたわけではない。精神的に楽になった半面、何をしているのか気になって、今まで以上に彼女のことを考える時間が増えた。

外に出ると、いつでも彼女の姿を探していた。

駅のホームにいる時も。

学校にいる時も。

脇道を歩いている時も。

コンビニにいる時も。

コンビニのトイレにいる時も。

コンビニの外で、店の窓を眺めている時でさえ。

彼女と一体化している感覚が常にあった。いるはずがない場所でさえ、無意識のうちにその存在を目で追ってしまう。

町中で、彼女に似た女性が男と手をつないでいたら、心臓が止まりそうになった。

髪型が似ているとか、同じ高校の制服を着ているといった些細《ささい》なことでも疑心暗鬼になり、あとをつけて本人じゃないことを確かめた。

「よかった。彼女じゃなくて……」

そう安心する一方で、「彼氏ができたのなら、あきらめがつくのに」と考えてしまう自分がいる。

もう、どうしたらいいのか、わからなかった。

彼女が乗っていない電車で、今朝も揺られていた。つり革を手に、窓越しに相模湾をぼうっと眺める。

ロングシートの端に、車内でよく見かける例の男性が座っていた。足元に紺のリュックを置き、顔を横にして外の景色に見入っている。

人恋しかったこともあって、突発的に、この人と話がしたいと思った。この人は、ぼくの内面を見透かしている。この人になら、彼女のことで色々と相談できそうな気がする。

「今夜は、中秋の名月らしいね」

距離を詰めるぼくの気配を察知したのか、彼が顔を正面に戻した。目の前に立ったぼくに、ニコッと微笑みかけてくる。

子供のようなその笑みを目にして、胸に安心感が広がっていった。「……みたい、ですね」と、知りもしないくせに口から言葉がこぼれ落ちる。

「お月さまって、綺麗だよね」

「ですね」

「茅ヶ崎海岸から眺めるお月さまは、きっと最高なんだろうな」

「……あ、あのう」

恥ずかしそうに顔を寄せると、彼は、なんだい、と言うかのように口の端をにっと上げた。

「大変失礼なんですが、彼女って、いますか？」

いきなり何を訊くんだ、と自分で思いながらも、彼は嫌な顔をしなかった。

「いるよ」

「恋愛って、いいものですか？」

ぼくは、いつになく饒舌《じょうぜつ》だった。彼の柔らかい表情を見ていると、何を尋ねてもとがめずに受け止めてくれそうな気がするから。

「難しい質問だね」

「すいません。変なこと訊いちゃって」

「いいよ、気にしなくて。でも難しい質問ではあるけど、僕の答えは迷わずイエスだな」

彼は力強くそう言って、真面目な顔つきになる。

「赤の他人同士だった二人が出会って、手をつないだり、唇を重ねたりする。この劇的なまでの距離の縮め方って、すごく素敵だと思う。なにより、星の数ほどいる人の中から自分を選んでくれたって事実が、とんでもなくうれしいんだよね」

「……もし、選ばれなかったら、どう思いますか？」

「と、言うと？」

「いやその、勇気を出して告白したのに、振られたらどうするのかなと思いまして」

苦笑気味に告げると、「僕も昔、君と同じようなことをずっと考えていたな」と、彼は照れくさそうにこめかみを指でかいた。

「でも、僕は思うんだよ。この世界に、運命の人は存在してるって」

「……運命の人」

「そう。僕は、めぐり逢《あ》い、って言葉が好きでね。長い時間かかってようやく出会えたのは、偶然じゃないと思う。だから、もしその人が運命の人だったら、そんなに悪い結果にはならないと思うんだよ」


江之浦一帯の樹木が、赤く色づき始めていた。駅前の大通りを、冷たい秋風がさあっと落葉を掃いて通り過ぎていく。夕暮れ前のこの時間は、秋の実感が特に強くなる。

遠くを見ながら歩いていたら、踏切のずっと向こうから、白いセーラー服を着た女性がこちらに近づいてきた。胸元についた赤いスカーフで、貴子さんと同じ高校の制服なのがわかる。

その女性は、どことなく貴子さんに似ていた。でもどうせいつもと同じ、ただの似ている女性だろう。そう高をくくってさして気に留めなかったが、その姿が大きくなるにつれて、心拍数が急激に上がっていった。貴子さんだったからだ。

半年ぶりに見る彼女に、初めて目にするような感覚があった。遠くから見ても、どことなく以前よりも綺麗になった印象を受ける。女性は、恋をすると綺麗になるという。誰か好きな人でもできたんじゃないか、と不安になる。

スマホを手に歩く彼女は、ぼくの存在に気づいていない。彼女の歩幅とテンポを合わせるように、踏切が耳障りな音を撒《ま》き散らし始めた。目の前の遮断機が、じりじりと降下していく。

踏切の向こう側には、道がもう一本、横切っている。彼女が、この踏切を越えてくるとはかぎらない。その道を右に曲がるかもしれないし、左に折れるかもしれない。

彼女が、スマホを上着のポケットに仕舞った。踏切の前に立ったぼくの周りには、誰もいない。ぼくのほうに視線を投げながら、彼女がこちらに向かってくる。

電車で以前、あの男性に言われた言葉が胸をよぎった。

――でも、僕は思うんだよ。この世界に、運命の人は存在してるって。

ぼくと彼女を遮るように、眼前を快速電車が通過し始めた。

この電車が行き過ぎて、もし彼女が目の前にいなかったら、あきらめよう。もし踏切を渡ってきたら、至近距離ですれ違うことになる。彼女はぼくに、気づくかもしれない。

それはきっと、運命の人だ。彼女が運命の人なら、必ずこの踏切を渡ってくる。

だからその時は、告白しよう。

通過する電車が引き起こした風が、全身に吹きつけてきた。一度下を向き、覚悟を決めたように正面をかっと見据える。

突風で揺らされた前髪が振り子のように戻り、目の前を最後の車両が通り過ぎた。

秋が行き過ぎ、暦は冬に変わった。

年が明け、
そして――。

「えー、小磯、小磯」

車内アナウンスと同時に扉が開くと、乗客がどっと押し寄せてきた。空いている場所を探して、車内を移動する。

三両目との連結部そばのボックスシートに、例の男性がいた。窓の縁に右腕を載せて外の景色を眺めている。

目が合うと、「久し振りだね」と、空いている前の席を目で示してきた。

「ごぶさたしてます」

「今日は、ずいぶんと遅い時間だね」

「寝坊しちゃいました。深夜アニメの総集編を観てるうちに、寝落ちしちゃって」

恥ずかしそうに頭をかくと、彼はふふと口元を緩める。

「前に電車で会った時は、恋愛の話を少ししたね」

「いや、その話はもう」

彼の話を遮るように、口を挟んだ。強い語勢に驚いたのか、彼は探るようにぼくを眺めていたが、しばらくしてすっと目を逸らした。

ぼくはもう、貴子さんのことはあきらめている。

彼女は、運命の人ではなかったと、自分を納得させた。

あの日、彼女は踏切を渡ってこなかったから。

「……海は、広くていいよね」

窓の外に目をやりながら、彼が呟くように言った。

「広い海を眺めてたら、自分はなんでもできそうな気がしてくるから不思議だよ。海はいつも、勇気をくれる」

彼は、達観したような目をしている。そしてその目を、ぼくにゆっくりと向けた。

「僕は高校時代に、好きな女の子がいてね」

しんみりとした表情で告げて、窓の向こうに視線を戻した。ぼくに時折視線を送りながら、訥々《とつとつ》と語り始めた。

「でも僕はシャイで、その子が転校すると知らされても、告白できなかったんだ。高校を卒業してからも、僕は地元を離れようとしなかった。もしかすると、彼女がいつかこの町に戻ってくるかもしれない、と思ったから。それからは、苦しかった。いるわけもないのに、毎日のように彼女の姿を町中で探してさ」

話を聞きながら、この人は自分に似ているな、と思った。

「今思えば、本当に情けないことをしたよ。町中で、彼女に似た子が男と腕を組んでいたら、生きた心地がしなくてね。あとをつけて、本人じゃないことをいつも確認していたんだ」

「……その気持ち、わかります」

思わず、身を乗り出してしまった。先を急かすように、「その人とは結局、どうなったんですか？」と早口で問いかける。

「交際を始めた」

「えっ」

「それから十年以上たって、地元で偶然に再会してね。その子が、今の彼女なんだ」

それを耳にして、なんだかうれしかった。自分自身が報われたような感覚がある。

「……再会した時、自分から告白したんですか？」

尋ねると、彼は「あぁ。まぁ、あれが告白と呼べたかどうかはわからないけど」と苦笑いを浮かべる。

「なんで、告白できたんですか？」

「なんで、って、決まってるじゃないか、そんなの」

彼は突き放すようにそう言って、ぼくを鋭く見つめた。

「後悔したくないからね」

後悔したくないからね。

後悔したくないからね。

後悔したくないからね。

彼のその言葉が、頭の中で何度も響き渡った。

「僕は、ずっと悔いていたんだ。高校時代、あの子に告白できなかったことを。彼女が転校すると知った時、行動に移そうとしなかった自分を許せなかった。だから、今後もし彼女とめぐり逢えた時は、勇気を出そう、って。鎌倉の海を眺めながら、僕は当時、そう誓ったんだ」

「…………」

耳が、痛かった。

彼の後悔の念が、そのまま真っ直ぐ自分に突き刺さってくる。

「えー、次は、茅ヶ崎海岸、茅ヶ崎海岸」

車内アナウンスが響き渡ると、窓の向こうに大きな砂浜が広がってきた。

この浜辺を、彼女と手をつないで歩くのが夢だった。

ぼくはその夢を、何もしないで自ら捨て去ったのだ。

隣のボックスシートで、制服を着た男女が肩を寄せ合っている。座席の下で、がっちりと手を握り合って。男性の肩に、女性が甘えるようにちょこんと頭を預けた。それを目にしながら、思った。

うらやましい、と。

二人は、何人《なにびと》も寄せつけないような自分たちだけの空間を作り上げている。

貴子さんとのことを思い出すように、そばの連結部分に目をやる。このガラス窓の向こうを、今まで何千回と覗き込んできた。無駄に過ごした時間を後悔していたら、突然、胸の鼓動が速くなった。視線の先にあるその姿に、我が目を疑った。貴子さんがそこにいるのだ。

以前と変わらず、彼女はつり革を手に文庫本を読んでいる。

なんでこんな時間にいるんだ。ぼくは今朝、寝過ごした。十一時を過ぎているんだぞ、もう。

こんな奇跡があるだろうか。

これはきっと、神様が最後のチャンスをくれたんだ。

これはもう、やるしかない――。

奮い立つ一方で、冷静な自分が顔を出した。やっぱり、今度にしたほうがいいんじゃないか。歯をきっちりと磨いてからのほうがいいんじゃないか。何事も、準備が肝心だ。何を話すか事前に全部決めてからしたほうがきっと勝算も高くなる。

　ぼくは、頭を強く振った。ぼくは、もっともらしい理由を見つけて逃げているだけだ。頰の痣を理由にしたのもそうだ。運命の人じゃなかったなんてのも、告白から逃げるためのただの言い訳なのだ。

「僕は彼女と、もうすぐ結婚する」

なにより、三月のこの時期だ。三年生の彼女が学校を訪れるのは少ないだろう。

「彼女とは、小田原の森の中で親しくなった。シロという名の、犬を通じて」

高校の卒業式まで、もう日もないだろう。ぼくは、地元の高校への進学が決まっている。彼女と電車で会えるのは、おそらく今日が最後だ。

　ぼくは。

　ぼくは——。

「彼女と再会した僕は、自分の気持ちを告げた。交際中、自分からプロポーズした。僕は、彼女とのことを」

　ぼくは、彼女とのことを、ただのいい思い出にしたくない。

「ただの、いい思い出にしたくなかったから」

目の前の彼と、気持ちが同化した。ぼくは、席を立った。今から、このベルリンの壁を壊す。

運命は——。

運命は、自らの手で切り開く。

ぼくは、連結部分の扉を引いた。三両目に足を踏み入れ、つり革を握る彼女との距離を詰める。

「あ、あのう」

隣に立つと、彼女がぱたんと本を閉じた。ぼくに、じりじりと顔を向けてくる。

彼女と目が合うその直前、電車が脱線した。

墨汁をこぼしたような暗闇が広がっていた。自分はその闇を外側から見ているのか、その闇の中にいるのかの判別がつかない。体重を失ったようなふわふわとした意識の中で、果てが読めない広大な闇が存在していることだけが感覚としてある。

暗闇の中に時折、場面がころころと変わる夢のように、何かが明滅してくる。

転倒する電車の車両。

頭から血を流して倒れる人。

渓谷に切り立った崖。

それらが混ざりあって無限にループされているような感覚に包まれながら、突然、誰かに抱え上げられた。

　和幸くん、
　と自分の名前を呼ばれたような気がする。

　ほどなく、目の前に真っ白な壁が現れた。何度もまばたきをしながら、まぶたを今開け閉めしているのが自分だということが次第にわかってくる。自分は今どこかにいて、目の先の白い壁がそこの天井であることがおぼろげながら認識できた。

「先生、和幸くんが目を覚ましましたっ！」

　白衣を身に着けた女性が、部屋を飛び出していった。ベッドの脇にある心電図と、部屋を包み込む消毒液の匂いで、この場所が病院であるのを悟る。

「ここは、南鎌倉総合病院の病室だ。君は、電車の脱線事故に遭ったんだよ」

　現れた年配のお医者さんが、胸に聴診器を当てながら長々と説明を始めた。ぼくはその事故で大事には至らず、肋骨《ろっこつ》が三本折れただけで済んだそうだ。今日は事故から三週間経過した三月二十六日で、ぼくはずっとこの病院で意識を失っていたらしい。

　話を聞かされても、いまいち要領を得なかった。事故に遭った記憶はなく、事故以前の記憶も混濁していて定かではない。

　その日の夕方、病室にお父さんがやってきた。お父さんのことは、はっきりと覚えている。心配そうに声をかけてくれたが、仕事が忙しいのか、スマホ片手に頻繁に病室を出ていってしまう。

お父さんと入れ替わるように、若い女性が病室にやってきた。化粧の濃い女性で、体中からきつい香水の匂いを放っている。あなたのお父さんとお付き合いさせてもらってます、千秋《ちあき》と申します。彼女はそう名乗って、ベッドのそばでリンゴを剝いてくれた。

前にどこかのカフェの近くで、彼女がお父さんと一緒にいるのを目撃したことがある。なんとなくだが、お父さんはもうすぐこの人と再婚する予感があった。

翌日から、警察の人が病室を訪れるようになった。脱線事故の件を散々訊かれたが、いまだ記憶が戻らず答えられないでいる。

意識が戻ってから、五日後のことだった。

病室の隅に、ぼくの学校鞄が立てかけてあるのが目に入った。あばらに痛みを感じながら、ベッドから降りて手に取る。

鞄を開けると、黄色いハンカチが入っているのが目に飛び込んできた。大切なものなのか、ファスナー付きのビニール袋に入れてある。

袋を手にして眺めているうちに、胸がどくんとした。頭の中に、輪郭のくっきりとした記憶が雪崩《なだ》れ込むように浮かび上がってくる。首筋が、じんわりと汗ばんでくるのを感じた。栓を抜いた浴槽の排水口が一気に水を吸い込んでいくかのように、浮かび上がった記憶の断片が急速につながっていく。

「貴子、さん……」

彼女の名前が、口からこぼれ落ちた。

ぼくはあの日、貴子さんと同じ電車に乗っていた。彼女に、告白しようとしていた。彼女の隣に立った瞬間、電車が大きく揺れたのだ。

彼女は無事なのか。今、どうしているんだ。

いても立ってもいられず、病室のハンガーにかけてあるジャンパーを羽織った。ジーパンに履き替えて、病室を飛び出していく。

「どこ行くんですか！」

看護師さんの制止を振り切り、病院を走り出た。彼女が今、どこにいるかはわからない。もしかすると、この病院に入院しているかもしれない。でも、ひとまず行き先はひとつだ。あそこに行けば、おそらく彼女のことがわかる。

鎌倉線が事故で運行を停止していたため、電車で東京方面に迂回して江之浦に到着した。夕闇に包まれる中、全速力で学童保育所に向かう。

「優太くん！」

保育所の裏にある公園のベンチに、優太くんは寂しそうにひとり座っていた。ぼくに気づいて立ち上がった彼は、三年前よりも少しだけ背が伸びている。

「優太くん、ぼくを覚えてる？　昔、保育所に一緒にいただろ？」

質問された彼は、こくりとうなずいた。ぼくは声を上ずらせながら、「君のお姉ちゃん、こないだの脱線事故に巻き込まれただろ？　お姉ちゃんはどうなった？　元気にしてるの？」と続けざまに問いかける。

「……死んだ」

「えっ」

「貴子姉ちゃんは、脱線事故で死んだんだっ」

「…………」

優太くんの顔だけが視界の中心に残り、他のものはすべて消え去った。

「嘘だろ……」

信じられず、彼の肩を両手で揺すったが、それが事実であることは、目からこぼれ始めた彼の涙の量を見ればわかる。

鼻をすりながら、優太くんが事故の詳細を語ってくれた。脱線した電車に乗っていた貴子さんは、車両ごと山間の崖から転落して亡くなったらしい。

「お姉ちゃんは、この春から看護学校に行く予定だったんだ」

貴子さんは、小学生の時に父親を病気で亡くしていた。人の命を救いたい思いから、看護師を志していた。学費を稼ぐために、高校三年間、必死になってアルバイトをしていたらしい。

優太くんの話を聞きながら、棒立ちになっていた。相づちを打つこともできず、茫然としたままいつまでもその場を動けなかった。


肋骨の骨折が治癒した四月末に、病院を退院した。地元の高校に出向くと、脱線事故で生き残ったぼくをクラスメイトは好奇の目で見てくる。遅れて入学したこともあって、クラスの空気に溶け込めない。

「よう、痣。しかし悪運が強い野郎だな、お前は」

教室の後ろからやってきた誰かが、ぼくの右頬のガーゼを引き剝がした。「痣なんて隠してねぇで、堂々としてろよ」と続ける。

ケイゴくんだった。彼もこの高校に進学していて、運悪く同じクラスだったのだ。

ケイゴくんは、髪を茶色に染めていた。

「また、小遣いよろしくなー」

からかうように告げて、ぼくの頭をばしっとはたいた。そしてこのことを境に、ぼくはクラスで孤立するようになる。

ぼくは、生きる意味を見失っていた。


険しい谷が、大きく口を開いていた。遥か遠い谷底に、細い川が流れている。川原に横たわる電車の車両を、おもちゃをラッピングするようにブルーシートで覆ってある。

ぼくは、何かにすがるように貴子さんが亡くなった崖を訪れた。南鎌倉駅からこの崖まで、歩いて三十分近くかかった。

崖の沿道に、たくさんの花束が置かれていた。遺族の方が、花を手向けにきているのだろう。

事故の衝撃を物語るように、崖の防護柵が激しくひしゃげている。一部完全に引き千切られているところは、電車が突っ込んだ箇所だろう。

沿道で合掌していたら、若い女性が大きな花束を手に坂道を上ってきた。ぼくの隣で屈み、手を合わせてから訊いてきた。

「……あなたは、誰を失ったのですか？」

ゆっくりと立ち上がったその女性は、樋口智子と申します、と名乗った。

「私は、今回の事故で、愛する婚約者を失いました」

樋口さんが、事故の経緯を話し始めた。彼女は現在、妊娠中らしい。

「……ぼくは、愛する女性を亡くしました」

彼女の真摯な態度につられて、勝手に口が開いた。愛する女性にずっと告白できず、勇気を出して告白する直前に電車が脱線したと、包み隠さず説明する。

ぼくの不器用な生き方に触れても、彼女はバカにしてこなかった。母親が我が子に向けるような柔和な笑みを浮かべ、わかるわかる、とばかりに何度もうなずきながら話を聞いてくれる。

「もし、その女性にもう一度だけ会えるとしたら、どうしますか？」

ぼくの打ち明け話が一段落つくと、彼女が妙な話を始めた。深夜に西由比ヶ浜駅に出向くと、雪穂という女性の幽霊に会えるらしい。深夜の鎌倉線を幽霊電車が走っていて、望めば事故当時の電車に乗ることができるという。

顔つきからして、彼女が冗談を言っているとは思えない。心から親身になってくれていることが感じられ、この人は信用できるという確信がある。

なにより、ぼくは貴子さんに会いたい。自分の気持ちを、どうしても伝えたい。

「あなたは、その女の子に会うべきだと思う」

迷いなく述べる樋口さんの目力の強さに、貴子さんへの想いがより一層高まった。

ぼくは今夜、その雪穂という幽霊に会ってみることにした。


夜更けのプラットホームは、深海にいるかのように静まり返っていた。ホームの吊り時計の秒針が動く、微かな音さえも耳に届く。

静寂を切り裂くように、ホームの奥から、こつん、こつん、という足音が響いてきた。セーラー服を着た背の高い女性が現れ、ぼくの前で足を止めた。

「……あなたが、雪穂さんですか？」

「そうよ。幽霊だけど、よろしくね」

つっけんどんに告げて、微かに口元を緩めた。幽霊というから、もっとおどろおどろしい姿を想像していたけど、姿形はどう見ても普通の人間だ。体が透けているわけでもない。

ぼくは、貴子さんとの経緯をかいつまんで説明した。

「脱線した電車に乗っていた人が来るなんて、珍しいケースね」

「幽霊電車ってのは、本当に走っているんですか？」

急かすように話を向けると、雪穂さんは「せっかちな子ね、ふふ」と白い歯をこぼす。「本当よ」と彼女があごで示した先から、半透明の電車がゆっくりとホームに近づいてきた。

驚きで、心臓が高鳴った。眼前に停車した電車の中に、大勢の乗客がいる。乗客の話し声も、普段ホームで耳にするのと同様に漏れ聞こえてくる。

「この電車は、あの日脱線した電車そのものなの」

彼女は腕を組み、こなれた口調で語り始めた。この幽霊電車は、事故に強い感情を抱いている者にしか見えないらしい。この電車に乗車すれば、亡くなった被害者にもう一度会えるという。昨日、樋口さんが言っていた通りだ。

話を聞き終えて浮かんだ疑問を、彼女にぶつけようとした。だが、彼女は訊かれるのを想定していたかのように「ただし――」と即座に付け加えて、幽霊電車に乗るための四つのルールを口にした。
・亡くなった被害者が乗った駅からしか乗車できない。

・亡くなった被害者に、もうすぐ死ぬことを伝えてはいけない。
・西由比ヶ浜駅を過ぎるまでに、どこかの駅で降りなければならない。西由比ヶ浜駅を通過してしまうと、その人も事故に遭って死ぬ。
・亡くなった被害者に会っても、現実は何ひとつ変わらない。何をしても、事故で亡くなった者は生き返らない。脱線するまでに車内の人を降ろそうとしたら、元の現実に戻る。

提示されたルールを頭で整理していたら、南鎌倉駅の方角から激しい衝撃音が響き渡ってきた。雪穂さんが線路の先に目をやり、「西由比ヶ浜駅を通過したら、あなたもああなるわよ」と警告してくる。

「幽霊電車の車体は、段々と薄くなってきている。いずれ天に召されるから、会いたい人がいるなら早めに行きなさい。深夜に被害者が乗った駅に行けば、さっきの電車がやってくるから。じゃ」

彼女は小さく手を挙げて、ぱっと消え去った。真っ暗なホームに再び静寂が舞い降りる。

点字ブロックの外側に立って、電車の過ぎ去った方角をじっと見据えた。今通過していった電車に、貴子さんが乗っている。そう思うだけで、いつまでも遠くを眺めてしまう。

ぼくに、迷いはなかった。


プラットホーム一帯が、黒々とした闇に包まれていた。割れた雲の隙間から、月が微かに冷たい光を放っている。

腕時計で時間を確認しようとしたら、闇が溶けていくように辺りが日の光に覆われ始めた。あの事故の日に目にした、江之浦駅の朝の風景がそこにある。

湯河原方面から、半透明の電車が接近してきた。ホームに停車するタイミングで、髪を後ろに束ねた貴子さんが小走りで改札を抜けてきた。そのまま三両目に滑り込み、間に合ったー、と言うかのごとくふぅと息を吐き出している。

ぼくは今までと同様に、二両目の扉から乗り込んだ。西由比ヶ浜駅に到着するまで、五十分もない。一分一秒が惜しかったが、彼女に会う前に、ぼくにはしなければならないことがある。

しばらくして、電車が小田原城前に停車した。扉が開くと、紺のリュックを背負った男性が乗車してきた。少し離れた場所から、彼がボックスシートの窓側に腰を下ろしたのを確認する。

ぼくは、全身でため息をついた。無理なことだと薄々知りながらも、頼むから乗ってこないでくれ、と心の中で祈っていたが、来てしまった。

昨晩、西由比ヶ浜駅に現れた幽霊電車の中に、例の男性が座っているのが見えた。ぼくとあの日に会話したあと、彼は事故で亡くなった。今ここにいるというのは、そういうことなのだ。

「……おはよう、ございます」

シートの脇から声をかけると、彼は、やぁ、と手を挙げた。ぼくは会釈を返し、すぐに表情を引き締めて深々とお辞儀をする。

「色々とお話を聞いてくださって、ありがとうございましたっ」

事故当日の会話もしないうちに、こんなお礼を言うのはおかしい。彼は不思議に思うかもしれないが、感謝の言葉を述べずにはいられない。彼がいなければ、ぼくが立ち上がることはなかった。彼がぼくの背中を押してくれたのだ。

「……今から、好きな人に告白してきますね」

顔を上げて照れくさそうにすると、彼は立ち上がった。何も尋ねることなく、すっと右手を差し出してくる。

ぼくはその手を、強く握った。無論、彼はこのあと自分が事故で亡くなることを知らない。でも握り締めたその手は、まるでぼくに何かを託してくるかのように力強い。

「ただの、いい思い出にしたくないんで」

しっかりとした声で言うと、彼は白い歯を覗かせた。やがて名残惜しそうにぼくから手を離し、腰を下ろして海を眺め始めた。

衝き動かされるように、連結部分の扉に手をかけた。ぼくは、中学の時の制服を着ている。中学の三年間、この制服を身に着けて彼女を見ていた。告白するのは、この格好をおいて他にない。

三両目に足を踏み入れると、すぐ先に彼女の横顔があった。あの日と同様に、つり革を手に文庫本を読んでいる。

彼女を目前にして、わずかな躊躇が芽生えた。だが、その迷いを一気に覆いつくす強い感情が体の底からせり上がってきた。ぼくは一歩を踏み出し、彼女の隣に立つ。

「あ、あのう」

勇ましさとは裏腹に、声が震えた。文庫本を閉じた彼女が、ゆっくりと顔を向けてくる。

五十センチもない距離で、彼女と目が合った。真正面から彼女の顔を見るのは、あの大雨の日に一緒に帰って以来だ。いざ本人を前にすると、喉の筋肉が収縮して声が出てこない。

でも、彼女の眼差しは優しかった。ぼくが緊張しているのを悟ったのか、安心させるように目元を緩めてくれる。

一緒に、帰ろう。

傘の中に入りな。

彼女が今浮かべている表情は、あの日ぼくに声をかけてくれた時のそれと同じだった。包み込んでくるような柔らかい笑みに、ぼくの口が開いた。

「あ、あのう、ぼ、ぼくは」

「覚えています」

ぼくが言い終わるのを待たずして、彼女が言葉を挟んだ。「雨の日に、一緒に帰った子だね」と続ける。

「……覚えて、くださってたんですね」

笑みをたたえたまま、彼女がこくりとうなずく。あの日と何も変わらない、大きな瞳で。

だが、ぼくの顔をまじまじと眺めるうちに、彼女の瞳が潤み始めた。

「どう、されたんですか？」

「いや……。いや……なんでもない」

彼女は顔の前で手を振って、目の縁に溜まった涙を指で拭った。話を逸らすように、「今から、学校？」と尋ねてきた。

「はい。今日はちょっと、寝過ごしてしまいまして」

バツが悪そうに言うと、彼女はうふふと口元を手で隠した。

「実は、私も寝過ごしたの。今日は卒業式のリハーサルの日だったんだけど、深夜に好きなアニメの総集編をやってて、朝まで観ちゃったの」

「ぼくもです！」

顔を綻ばせると、「君も、そうなんだ！」と彼女が目を輝かせる。二人してつり革を持ちながら、時間を忘れて好きなアニメの話で盛り上がる。

「私は、アニメだけじゃなくて、本も好きなの」

「ぼくもです！」

こういう展開になるのを夢見て、隣の車両で彼女が読んでいる本はぼくも読んでいる。今までの努力が報われたような気がして、喜びが込み上げてきた。

楽しかった。

本当に、楽しかった。

今この瞬間が、今まで生きてきた中で一番楽しいと、確信を持って言える。

彼女と一緒にいると、何か粗相をして嫌われてはいけないと、違った意味での緊張感がある。話すことに何か問題はないか、あるいは問題はなかったか、発言の前後に逐一チェックしながら会話を進めている。でも、それがなんだか心地いい。自分を縛りつけるものでさえ、彼女といると幸福に感じられてしまう。

だが、終点に向かうにつれて窓越しの景色が変わっていくのが目に入ると、心に暗い影が差し込んでくる。

この幸せな時間は、もうすぐ終わりを告げる。彼女は、あと三十分もしないうちに事故に遭ってしまう。これは、変えようのない事実だ。

目の前の人を好きになればなるほど、別れるのが辛くなっていく。その現実を意識してしまった時、口から言葉が消えた。彼女の目を、見られなくなってしまう。

窓の向こうに、茅ヶ崎海岸が姿を現し始めた。

「本当に、綺麗な海岸よね」

彼女が、どこか寂しげな表情を浮かべて窓の外に目をやった。

ぼくらの視線の先には、目に沁みるような真っ青な海が広がっている。白々とした砂浜とのコントラストが美しい。

この三年間、車両こそ違えど、ぼくらは毎朝同じ景色を眺めていた。ぼくはいつかこの浜辺を、今目の前にいる女性と手をつないで歩きたい、と願っていた。

同じリズムで打ち返す波を眺めていると、記憶の引き出しがひとつずつ開いていった。

駅前で彼女を待ち伏せしたこと。

彼女と同じ車両に乗って、近くでつり革を握ったこと。

カフェの外から彼女を眺めたこと。

クリスマスイブに、顔を隠しながら彼女の前を駆け抜けたこと。

町中で、彼女に似た女性を見かけてあとをつけたこと。

踏切越しに、彼女を見かけたこと。

そして、大雨の日に、傘の下で彼女と並んで歩いたこと――。

この長かった戦いの終幕が近づくにつれて、告白せずに終わってもいいんじゃないか、と思っている自分がいた。

だけど、眺め続けた青い海が、ぼくに口を開かせた。

「ぼくは……。ぼくはあなたに、命を救っていただきました」

「………」

ぼくはつり革から手を離し、彼女を真っ直ぐに見据えた。

「あなたに傘に入れていただいたあの日、ぼくは死ぬつもりでいました。ぼくには、友達がひとりもいません。両親は離婚していて、父親は忙しくてあまりかまってくれません。今はガーゼで隠していますが、ぼくの右頰には大きな痣があります。チビですし、今までずっといじめられてきました。だけどあの大雨の日、あなたはそんなぼくに、傘を差し出してくださいました。あの日あなたに頂戴したドーナツの味を、ぼくは一時も忘れたことがありません。ぼくはあの時、生きてもいいよ、と言われたような気がして……。あの時のドーナツの箱、今も捨てずに取ってあります。ぼくはあなたに、命を救っていただいたんです」

ぼくは、彼女から目を逸らさずに続けた。

「ぼくはこの三年間、ずっとあなたのことを見てきました。毎朝、隣の車両からあなたを眺めていました。でも、声をかける勇気がありませんでした。町中であなたを見かけても、何もできずに家に戻ってきたんです。ぼくは。ぼくは。ぼくは――」

微かな躊躇で一瞬下を向いたが、即座に顔を上げて言葉を投げた。

「ぼくは、あなたのことが好きです」

「……」

「ぼくはあなたを、世界中の誰よりも愛しています。今も。そして、これからもずっと」

「……」

「ぼくは、感謝せずにはいられないんです。あなたと――」

そこまで言って、最後の力を振り絞るように目に力を込めた。

「めぐり逢えたことに」

「…………」

言い終えても、しばらく彼女から目を逸らせなかった。周囲の乗客は、何事かとこっちに視線を注いでいる。

彼女は真面目な顔つきのまま黙っていたが、やがて小さく息を吐き出した。

「……ありがとう。ありがとう」

脱力したようにお礼の言葉を繰り返すと、彼女の両目から涙が滴り落ちてきた。

「あれ、なんで泣いてんだろ、私。男の人に告白されたのが、初めてだからかな」

泣いているのをごまかすように、彼女は矢継ぎ早に告げた。そして、「それとも――」と、目元を指でさっと拭ってから続けた。

「君が、素敵だからかな」

「…………」

両方の頬が、ぽっと熱を帯びた。恥ずかしくて、目を何度もパチパチさせる。

彼女の瞳がいまだ濡れているのを見て、斜めがけした鞄から黄色いハンカチを取り出した。

「これは、あの雨の日に、あなたにお借りしたハンカチです」

そっと差し出すと、「これは、君にずっと持っていてほしい」と彼女が押し返してきた。そして、「これは、私の偽りのない気持ちだと思ってほしい」と前置きしてから告げた。

「私は今、君のことが好きになりました。もう一度、お伝えします。私は、和幸くんが好きです」

「…………」

すべてを消しゴムで消されたように、頭の中が真っ白になった。唐突すぎて混乱し、あらゆることから逃げ出すように俯いてしまう。

次第に、じわじわと熱いものが込み上げてきた。ゆっくりと顔を上げると、彼女はぼくに微笑みを向けたあと、窓の外にすっと目をやった。

一面に広がる砂浜を前に、隣から彼女の左手を摑んだ。彼女は恥ずかしそうに頰を赤く染めたが、ぼくの手をぎゅっと握り返してきた。

茅ヶ崎海岸を見ながら、ぼくらはずっと手をつないでいた。青い海を日が照らし、海面に光の粒子が揺れていた。

幽霊電車に乗った翌日、貴子さんが亡くなった崖に赴いた。

沿道に、薔薇《ばら》の花束を手向けた。昨晩あったことを思い返しながら、屈んで手を合わせる。

ぼくは、彼女のあとを追うつもりでいた。自室の引き出しに、今朝書いた遺書を入れてある。

どうせなら、彼女と同じ場所で死にたい。崖の防護柵を飛び越えようと、腰を上げた時だった。

「大変失礼ですが、脱線事故で、どなたかを亡くされたのですか？」

沿道脇で崖下を眺めていた中年の男性が、身を寄せてきた。邪魔が入ったと内心思いながらも、はい、と返事をする。

「そうでしたか。不躾なことを訊いてしまって、申し訳ございません」

男性はお詫びの言葉を口にし、丁寧に頭を下げてきた。

「実は、私も脱線したあの電車に乗っていたんですよ」

「……そうなんですね」

「凄惨な事故でしたが、幸いにも、私は軽傷で済みました。……ところで、実はあの電車には、とてつもなく勇敢な女性が乗っていましてね」

男性は意味ありげに述べて、真摯な顔つきで語り始めた。

「私は、あの脱線した電車の三両目に乗っていました。線路をはずれた車両が崖から落ちそうになった時、私は運よく車両の外に放り出されました。私は外から、三両目に残るひとりの若い女性に手を差し伸べたんですが、その女性が私にお願いしてきたんです。『この子を先に助けてあげてください！』って」

「……」

「制服を着た女子高生と思しきその女性は、小柄な男の子を抱え上げて、傾き始めた車両から私にその子を託しました。そしてそのあとすぐに、車両が崖下に落ちていったんです」

話を聞くうちに、予感めいたものが全身を走り抜けた。「その男の子って、どんな子ですか？　教えてください、その女性が助けたというのはどんな子ですか？」と男性に詰め寄る。

「私もケガをしてましたし、混乱してたんで顔はよく覚えていないのですが」

男性はそう断りを入れてから、ぼくに言った。

「右の頬に、大きな痣がありました」

胸が、びくんと波打った。息を呑んだまま、壊れたメトロノームのような速さで心臓が脈打ってくる。

突然、頭を揺さぶられるような感覚があった。断片的な記憶が、脳内に脈絡なく流れ込んでくる。

フラッシュバックのごとく展開されるこの感覚を、前に病院で意識をなくしていた時にも抱いた。転倒する電車の車両。頭から血を流して倒れる人。渓谷に切り立った崖。それらが混ざり合い、やがて誰かがぼくを抱え上げたのだ。

その誰かの姿が、脳内にはっきりと浮かび上がってきた。その人はぼくが世界で一番大事に想っている女性で、そしてその人は叫んだ。

「この子を！　和幸くんを先に助けてあげてください！」

驚愕するのとほぼ同時に、脳裏に響き渡ったその言葉に、違和感を覚えた。その違和感とリンクするように、昨晩、幽霊電車で彼女に言われた言葉が耳の奥で木霊する。

――私は今、君のことが好きになりました。もう一度、お伝えします。私は、和幸くんが好きです。

ぼくは、彼女の前で一度も名乗っていない。大雨の日に一緒に帰った際も、名前は訊かれなかったので答えなかった。その日に交わした会話を手に取るように覚えているので、はっきりと断言できる。昨晩、幽霊電車に乗った時も、名前は訊かれなかった。彼女は、ぼくの名前を知らないはずなのだ。

記憶を手繰り寄せるうちに、ひとつだけ思い当たる節があった。

一昨年のクリスマスイブ、鞄で顔を隠しながら彼女の前を駆け抜けた時、お父さんがいた。お父さんは後ろから、「おい、和幸！　和幸！」とぼくの名前を叫んだのだ。

だとしたら、考えられるのはただひとつ――。

彼女はその件をきっかけに、ぼくに気づいたんじゃないか。

鞄で顔を隠して立ち去ったのが、雨の日に一緒に帰った小学生だ、と。

前に電車で一度、彼女がぼくのいる車両に目を向けていたことがある。

彼女はクリスマスの一件以降、ぼくに電車で見られているのを知っていたんじゃないか。

彼女は脱線事故の際、ぼくと知ってて助けたんじゃないか。

ぼくはまた、彼女に命を救われたんじゃないか。

芋づる式に膨れ上がる憶測が、確信に変わっていく。

打ちのめされて、言葉を失った。

膝から崩れ落ちると、耳元で冷たい風が鳴った。


ほの暗い闇の中に、雨が切れ目なく降っていた。歩くにつれて、雨が叩きつける傘が次第に重くなってくる。

学童保育所の庇の下で、ランドセルを背負った優太くんが雨宿りをしていた。「こんばんは」と近づき、彼の背の高さに合わせて腰を曲げる。

「優太くん、誰か迎えにきてくれないの？」

優しく尋ねると、優太くんはしょんぼりしてうなずく。

「お母さんは？」

「お母さん、お姉ちゃんが死んでから仕事が忙しいんだ」

「……そう。だったら、ぼくの傘の中に入りな。一緒に帰ろう」

黙り込む彼に、ぼくは表情を和ませて言った。

「ぼくに、亡くなった君のお姉さんの代わりなんてできない。でも、君を迎えにくることぐらいはできる。今日から毎日、ぼくが迎えにくるよ」

　優太くんの顔に、微かに笑みが浮かんだ。はにかみながら、「ありがとう、お兄ちゃん」と傘の中に入ってきた。

　優太くんの髪は、雨に濡れて光っている。歩く足を止めて、学校鞄から取り出したハンカチで拭いてあげる。

　この黄色いハンカチは、貴子さんがくれたものだ。幽霊電車で、ぼくにずっと持っててほしい、と言って。

「よう、痣！」

　敷地の外に出ようとしたところで、ケイゴくんがぼくらの前に立ち塞がった。

「いつもと帰る方向が違うからつけてみたら、何してんだよ、こんなところで？」

「行こう、優太くん」

　黙って行きすぎようとするぼくの腕を、ケイゴくんが荒っぽく掴んだ。「何無視してんだよ、お前」と、傘を差しながら目を吊り上げている。

「まぁ、いいわ。そんなことより、また金貸してくれ」

「……嫌だ」

「あん？」

掴まれた手を振り払うと、ケイゴくんの顔色が変わった。「なんだお前、さっきからその態度。おい。おいっ！」とぼくの胸を小突いてきた。

「やめてよ！」

優太くんが、ケイゴくんのシャツの袖を引っ張った。だが、「ガキはすっこんでろっ！」と押し倒されてしまう。

「何するんだよっ！　大丈夫、優太くん？」

地面に背中から倒れた優太くんに、心配そうに顔を近づける。

「いい気になってんじゃねぇぞ、痣。ボロボロの、きったねぇハンカチなんか使いやがってよ」

「……なんだと？」

体の底から、荒々しいものが湧き上がってきた。傘を投げ捨てて、ケイゴくんを睨みつける。

「あん？　なんだ、その顔は？」

「取り消せよ」

「はぁ？」

「今言ったこと、取り消せよ！」

「何意味わかんねぇこと言ってんだよ、お前！」

ハンカチを持つぼくの右手を、ケイゴくんがはたいた。手にしていたハンカチが地面に落ちる。

「ふざけるなっ！」

感情を抑えきれなくなって、ケイゴくんに殴りかかっていった。だがパンチは空を切り、手首を摑んだ彼に足をかけられてしまう。

「お前、さっきから何調子乗ってんだよ。オラ！　オラッ！」

仰向けになったぼくの腹に、ケイゴくんが横から蹴りを浴びせてきた。ぼくは呻《うめ》きながらも、蹴り上げようとする彼の右脚に両腕を巻きつけて捻《ひね》り倒す。

「謝れ！　貴子さんに謝れっ！」

起き上がったケイゴくんがぼくの脇腹を蹴り上げ、ズボンのポケットから財布を抜いた。そのまま背を向けて去ろうとする彼の腰に、後ろからぎゅっとしがみつく。

「しつけぇ野郎だな！」

「ぼくは、君なんかに負けない。君に負けたら、貴子さんに顔向けできないっ」

「何言ってんだ、お前！」

「君は、人を本気で好きになったことがあるか？」

「はぁ?」
「君は、人を愛したことがあるか、って訊いてるんだっ」
「ねぇよ、そんなもん!」
「だろうね。だから、君は弱いんだよ。ぼくは君なんかに絶対に負けないっ!」
ぼくは後ろからケイゴくんの体を担ぎ上げ、地面に捻り倒した。びしょびしょにな
って絡み合うぼくらに、優太くんが覆いかぶさってきた。「お兄ちゃんをいじめない
で!」とケイゴくんのお腹をポカポカと叩き始めたが、起き上がったケイゴくんが優
太くんごとぼくを蹴り始める。
「何をしているの、そこ!」
騒ぎに気づいた保育所の職員が、傘を手に敷地の向こうから走り寄ってきた。ケイ
ゴくんは舌打ちして立ち去ろうとしたが、ぼくは再び彼の腰に後ろから両腕を巻きつ
ける。
「い、いい加減にしろよ、お前!」
「謝れ! 貴子さんに謝れ! 謝れよ! 謝れって! 謝れぇぇぇぇぇぇっ!」
ぼくは、背後からケイゴくんの右手に噛みついた。「いてぇ!」と悲鳴を上げる彼
を見て、歯にさらに力を込める。ぼくに負けじと、優太くんもケイゴくんの左手を噛

んだ。

「い、いてぇ！」

「謝らないと、また噛むぞ！　謝れぇぇぇぇぇぇっ！」

「い、いてぇっ！　わ、悪かったよ！」

「財布も置いてけ！　置いてけぇぇぇっ！」

「い、いてぇぇぇっ！　わ、わかったよ！　すまんすまん、い、いてぇっ！」

あごの力を緩めると、優太くんもしてやったりという顔で歯を離した。ケイゴくんは、現れた保育所の人から逃げるように走り去っていく。

「どうしたのっ？」

保育所の女性に、息を整えながら、友達と少し揉めただけです、と説明した。訝しむその女性に、優太くんが表情をきりりとさせて言った。

「今日から、このお兄ちゃんと一緒に帰ります。このお兄ちゃんは、ぼくの本当のお兄ちゃんみたいなもんだから」

小学生とは思えない、毅然《きぜん》とした態度だった。一歩も引こうとしない彼を見てあきらめたのか、彼女は「わかった。じゃ、気をつけてね」と保育所に戻っていった。

「お兄ちゃん、大丈夫？」

「大丈夫だよ。優太くんこそケガはない？」

ハンカチを拾い上げながら訊くと、優太くんは強い目をしてうなずいた。凜とした顔つきに、貴子さんの面影がちらりと見える。

傘を手に取ると、優太くんが隣にやってきた。「全身びしょびしょだから、傘に入っても意味ないね」と白い歯をこぼす。

雨音と重なるように、保育所の中から聴き覚えのあるメロディが流れてきた。

「あ、貴子姉ちゃんの好きな曲だ」

ぼくの隣で、優太くんが遊戯室のほうに目を向けた。夜の七時を告げるべく、掛け時計に付属したオルゴールが美しい音色を奏でている。

「前に、お姉ちゃんが教えてくれたんだ。この曲は、私がこの世で一番好きな曲だ、って」

「……なんていう曲なの、これ？」

「これは、『愛の讃歌《さんか》』っていうんだ」

金属を叩く甲高い音の調べが、耳の奥でじんわりと広がった。ゆったりとした旋律が、ぼくに何かを伝えるように全身を駆け巡っていく。

まぶたの奥が、じわりと潤んだ。目からこぼれ落ちそうになった涙を、すんでのところでぐっとこらえる。

もっと、強くならないと――。

そう思ったが、ダメだった。涙はすぐに本流となり、両方の頬を伝ってくる。

ずぶ濡れになった黄色いハンカチで、目元を拭いた。決意するかのように大きく息を吐き出し、前をかっと見据える。

「じゃ、行こうか、優太くん」

ぼくは力強く告げて、右頬のガーゼをはずした。

第四話　お父さんへ。

「お父さん。行ってらっしゃい」

使い終えた靴べらを手渡してきた夫に、廊下から声をかけた。

あぁ、行ってくるよ。

上背のある夫が、背中越しに一重まぶたを向けてきた。今朝も、顔を少し背けながら。

シャイな彼は、口数が多くない。夫婦だというのに、いまだにどこか照れくさいのか、毎朝私の目を見て行ってきますを言おうとしない。

玄関のドアを閉める際、彼はドアの隙間から一瞬だけ私を見る。目が合うと、微かに目元を緩めてドアを閉じていく。なんとないことだが、心が通じ合ったような気がして、毎朝の密《ひそ》かな楽しみだったりする。

居間のロッキングチェアで眠りこけていたハナが、大きな目をぱちりと開けた。みゃあと鳴きながら、開け放たれた窓から外に出ていく。

玄関のドアからそおっと覗くと、ハナが灰色の毛をわさわさ揺らしながら夫の足元にまとわりついている。見送りに遅れてごめんよ、と詫びるかのように。

腰を屈めた夫が、両手でハナを抱え上げた。頭を優しく撫でながら、じゃ、行ってくるからなハナ、と表情を和ませる。

ふと、自分は今、幸せな時間を過ごしているな、と思った。今というこの瞬間を、空間ごと残しておく方法はないかなと、半ば本気で考えてしまう。

明日も、このなんとない日常の一コマが繰り返されるはずだった。

だけど、夫の顔を見たのは、今朝が最後になってしまったのだ。

夫を見送ってから、六時間ほどした頃だった。

台所で昼食を済ませた私は、ハナにおやつをあげようと居間に足を運んだ。ハナは、ロッキングチェアで体を丸めている。ハナにジャーキーを差し出しながらテレビを点《つ》けると、画面がなにやら騒がしい。

線路の上で、電車が横倒しになっている。駅前でマイクを握るレポーターが、「死亡者はすでに二十名を超えているようですっ」と声を上ずらせている。

東浜鉄道。鎌倉線。西湯河原・十時二十六分発。快速電車。

テレビが伝えてくる情報を断片的に拾っていくうちに、さっと血の気が引いていった。画面上に転倒しているその電車は、夫が普段運転している電車だった。

夫は今日、夕方まで乗務している。運転士は他にもいるはずだが、夫が今朝家を出ていった時刻を考えると、彼がこの上り電車を運転していた可能性は大いにある。

慌てて夫の会社に電話したが、つながらない。何度かけても、ずっと話し中だ。

「脱線した電車ですが、六両編成の三両目は、崖下に転落した模様ですっ」

テレビから新しい情報が届くにつれて、全身の震えが激しくなっていった。会社にもう一度だけ電話しようとスマホを手にしたが、指先が震えて画面を押せない。

私は、夫を信じていた。東浜鉄道での四十年近い勤務の中で、彼は無遅刻無欠勤だ。私と結婚する以前から運転士をしているが、ミスらしいミスをしたことがない。あと三年で還暦を迎えるとはいえ、ハンドル操作を誤るほど耄碌《もうろく》していない。それは妻として断言できる。

何かにすがるように、足元に寄ってきたハナを抱き上げた。ハナ、お父さんを見守ってあげて。心でそう念じながらハナを抱き締めていたら、テレビに映る若いアナウンサーが声のボリュームを上げて言った。

「ここで、新しい情報が飛び込んできました。運転士は、すでに死亡している模様です。繰り返します、運転士はすでに死亡してい――」

話の途中で、テレビの主電源を消した自分がいた。抱えていたはずのハナが、いつのまにか床にいる。

　その時、家の固定電話が光った。条件反射のように、体がびくっとする。

　こんな時間に、家の電話が鳴るのは珍しい。ねっちょりとした嫌な予感が、全身に張りついてきた。怖くて、受話器を取れない。心のどこかで電話が切れるのを期待して立ち尽くしていたが、いつまでたっても呼び出し音は途切れない。

「……もしもし」

「お忙しいところ、申し訳ございません。わたくし、東浜鉄道の」

　東浜鉄道――。

　その単語が耳に届いた途端、視界がぐにゃりと歪《ゆが》んだ。続きを聞かなくても、電話の相手がこれから何を伝えようとしているのか推測できる。

　受話器の向こうから伝えられる話を、どこか遠くで聞いていた。電話の相手が夫の会社の人だということだけが頭の芯に残り、受話器から発せられる言葉すべてが遅れて脳に響いてくる。

　受話器を戻すと、その場にはらりとくずおれた。

　その電話は、夫が亡くなったことを伝えるものだった。

　夫の遺体は、地元の小さな斎場でひっそりと荼毘《だび》に付された。

夫は、脱線事故を引き起こした運転士だ。加害者家族として、表立って葬儀を執り行うわけにはいかない。我々夫婦に、子はいない。私も夫も、両親はすでに亡くなっている。わずかな親族とともに、世間から隠れるようにして見送った。

脱線事故を境に、私の人生は一変した。

晴れ渡っていた空が、一瞬にして闇に覆われたかのように。

「……はい、もしもし」

「あ、もしもし。人殺しさんのお宅ですか？」

相手が言い終えると同時に、逃げるように受話器を置いた。居間の座椅子に戻り、額に手を当てて重い息をつく。胸に生じた動悸は、いつまでたっても収まる気配がない。

事故から一週間ほどした頃、家の固定電話にいたずら電話がかかってくるようになった。

死ね。

お前も同罪だ。

奥さん、いつまでのほほんと生きてるつもりなの？

毎日のように浴びせられる罵声に、心臓が休まるときがない。漠然とした不安が重層的に押し寄せて、この一週間、ほとんど食事を摂《と》れていない。

加害者の妻として、悠長に外出するわけにはいかなかった。東浜鉄道の担当弁護士からも、事故が落ち着くまで極力家の中にいるように、と釘を刺されている。

無論、それは当然の処置だ。私にも、事故を起こした者の家族として責任がある。事故を未然に防ぐために、妻として何かできることがあったかもしれない。

東浜鉄道は世間に、今回の事故を夫が電車のスピードを出し過ぎたことが原因だ、と説明していた。でも、私はどうしても腑《ふ》に落ちなかった。夫は人一倍、安全に対して厳しい人だったからだ。

亡くなった夫の父親も、東浜鉄道の運転士だった。夫は勤勉だった父親のことを尊敬し、乗客の安全を守るのが自分の仕事、というのが口癖だった。東浜鉄道は、他の鉄道会社との熾烈《しれつ》な乗客争いで、スピードアップを前提に過密なダイヤを組もうとしていた。だが、夫は断った。真面目すぎる性格がゆえに出世ができず、一時期、運転士をはずされていたこともある。それでも夫は信念を曲げず、安全第一を唱え続けていたのだ。

妻として、愛する夫を信じてあげないでどうする。そう思う一方で、被害に遭われた方やご遺族のことを考えると、申し訳なさが胸を突き上げる。

突如、家のインターホンが鳴り響いた。

家にいるのがバレないよう、家中の電気は消してある。だが、イライラしていることを伝えてくるかのように、幾度となくインターホンを押してくる。

「北村《きたむら》さん、いるんでしょ？」

マスコミだ。インターホンに一向に出ない私に、門扉の外から呼びかけてくる。

「北村さん、旦那さんのことを教えてもらえませんか？」

「こっちは朝からずっと待ってるんですよ、北村さん。五分だけでいいんで、お話を聞かせてもらえませんかね？」

カーペットで丸まっていたハナが、怯えるように私の膝の上に乗ってきた。

「北村さんっ！」

「いるんでしょ、北村さんっ！　北村さんっ！」

外からの声に呼応するように、再び家の電話が鳴った。十回、二十回、三十回。四十回を過ぎても、終わりを知らないようにベルの音が止まらない。

世界中の人が敵になったような気がして、私はハナを強く抱き締めた。

翌日からも、嫌がらせは続いた。

マスコミが連日家に押し寄せて、インターホンを連打してくる。家の電話は鳴りやまず、真夜中にまでいたずら電話がかかってくる。

とりわけショックだったのは、近所の人たちだ。

マスコミが外にいないのを確認して、ゴミを捨てにいった時だった。困ったことがあったら、なんでも相談してね。事故当初、外で会うと親身な対応をしてくれていた人たちが、妙によそよそしい。ゴミ捨て場のそばで、これ見よがしにひそひそ話をしている。

「皆様、ご迷惑をおかけして、本当に申し訳ございません」

遠くからお辞儀をしたが、何も返さずにそそくさと立ち去った。亡くなった夫と一緒に、食事をしたこともある人たちばかりだ。この一軒家に住んで以降、二十年以上も付き合いのある人もいる。信じていた心の拠《よ》り所をなくして、立ったまま生気を失ってしまう。

脱線事故から、十日ほどした頃だった。

明け方に、一階の窓ガラスが割れる音が響いてきた。直感的に、誰かが石を投げたのだろうと想像できた。

階下に移動すると、居間の窓が粉々に砕けている。おそるおそる外に出ると、戦慄が全身を駆け巡った。

人殺しの家。

ピンクのスプレーで、玄関横の外壁にそう殴り書きされている。

誰がやったのだろう。

マスコミか。

愉快犯か。

それとも、近所の人か——。

足元にハナが来ても、抱え上げる心の余裕はなかった。暗澹《あんたん》たる未来を想像して、化石になったように体を動かせなかった。


会場のあるフロアに向かって、一歩ずつ階段を上った。階段の脇には、エレベーター乗り場がある。でも、歩いて向かうことにした。私みたいなものが、エレベーターを利用するわけにはいかない。

現在、この大型ホテルの七階で、脱線事故の被害者説明会が行われている。

先日、東浜鉄道の弁護士に、行ってご遺族の方々にお詫びさせてください、とお願いした。

だが、にべもなく断られた。話がややこしくなるから、絶対に来てはいけない。自宅で待機していてください、と。

少し前に、脱線事故の被害者に焦点を当てた、ドキュメンタリー番組を観た。

事故で死亡したひとりの女子高生は、この四月から看護学校に入学する予定だった。子供の頃に父親を病気で亡くし、病の人を助けたい一心で、高校三年間、ずっとアルバイトをして学費を貯めていたらしい。

事故の三日後に行われた高校の卒業式で、彼女の名前が呼ばれた。学校の計らいで、彼女の代わりに友人が卒業証書を受け取るのを見て、やるせない思いが心にのしかかってきた。それ以上、番組を観られなくなった。

今回の事故は、彼女の未来を奪った。

志のある若者の未来を。

無論、彼女の家族の未来をも。

そんなことが、許されるわけがないのだ。

七階に到着すると、目の前に「紅葉の間」と表記された大きなホールがあった。ホールの赤い壁の向こうから、「ふざけないでくださいっ！」と叫ぶ女性の声が響き渡ってくる。

「人が亡くなった事故に、不幸中の幸いなんてありません。あなた方は、自分たちがしたことをちゃんと理解していますか？」

剣幕が外にも伝わってくるような物言いに、息を呑んだ。

「私は今回の事故で、最愛の婚約者を失いました。あなた方が奪ったのは、彼の命だけではありません。彼の未来も奪ったんです。そして未来を奪われたのは、彼だけではありません。私の未来に、彼はもういません。あなた方に、被害者遺族の未来を奪った認識はありますか？　黙ってないで答えてくださいっ！」

彼女の言葉が、自分に向けられているような気がしてならない。

私は、ホールの入口に向かって歩みを速めた。会の受付をしている人たちに「なんですか、あなたは？」と止められたが、制止を振り切って観音扉を両手で乱暴に開く。

被害者家族の方々が、ずらりと並べられたパイプ椅子に腰かけていた。家族の方々と向かい合う形で、東浜鉄道の経営陣が横一列に並んで座っている。そのテーブルの左端には、いつも電話で指示を出してくる若い弁護士がいる。

「答えてください！　答えてよ！　答えなさいよっ！」

先ほどから声を上げ続ける彼女の言葉が、胸に直接突き刺さった。経営陣に歩み寄る彼女と歩調を合わせるように、被害者家族の前に立った。

「皆様……。私は、北村美佐子《みさこ》と申します。今回の脱線事故を引き起こした、運転士の妻でございます」

ざわつき始めた眼前の人たちに向かって、体を畳むように深々と頭《こうべ》を垂れる。

「亡くなった私の夫は、被害者家族の皆様方に、頭を下げることができません。亡くなった夫に代わって、妻の私から皆様に謝罪をさせてください。申し訳ございませんでしたっ。申し訳ございませんでしたっ。申し訳ございませんでしたっ」

会場のどこかで、「勝手なことをさせるな！」と誰かが声を張り上げているのが耳に届いた。「誰か、あいつを外に出せ！」と罵声が飛び交う中、私は続ける。

「今回の事故が解明され、夫に非があると判明した暁には、私は彼の妻として、自らの命をもって償うつもりでいます。皆様、申し訳ございません。申し訳ございませんっ。本当に、申し訳ございませんっ」

いつのまにか、膝を突いていた。

床に両手をつけて幾度となく頭を下げたあと、後ろから強制的に立たされた。眼光鋭い弁護士が、苛立ちをぶつけてくるかのような強さで手首をぎゅっと掴み、有無を言わさず外に引っ張っていく。

ホールからの去り際、先ほど声を上げていた女性が私をじっと見ていた。彼女が宿した目の色は、他の被害者家族の方々が私に向ける敵意のあるそれではなかった。怒っているでもなく、かといって許そうとしているわけでもなく、ただただとてつもなく悲しい目をしていた。

事故以来、何回泣き腫らしたかを知らせてくるかのような水っぽい目。これほどまでに悲哀が刻み込まれた眼差しを、今まで見たことがない。

私は摑まれた手を振り払い、彼女に向けて一礼した。ゆっくり頭を戻すと、彼女に寄り添っていた年配の男性が、私に向かって同じように深くお辞儀をしている。

紳士然とした振る舞いに、逆に気を遣わせてしまったような気がして、申し訳なさに一層拍車がかかった。

自宅の庭にある、ソメイヨシノの蕾《つぼみ》が綻び始めていた。あと数日もすれば、白い花が満開になるだろう。

四月に入ると、咲き誇っていた花びらが次第に散り始める。仕事に向かう夫を見送ったあと、道路に出て舞い落ちた花びらを箒《ほうき》でかき集めるのが毎年の日課だった。近所の子供たちが、小学校に入学する時期でもある。通学路である私の自宅の前を、初めてランドセルを背負った子供たちが不安そうな顔つきで横切っていく。

でも、子供の成長というのは面白いもので、入学から一週間もすれば、その表情が笑顔に変わっているから不思議だ。おばさん、おはよう。学校で挨拶することを習ったのか、箒を手にする私に声をかけてくれる子供もいる。

一年後の同じ時期に、昨年と比べて背丈が伸びている子を大勢見かける。一年前よりも傷んだランドセルを背負っている姿が、なんだかたくましく感じられる。子がいない私にとって、成長していく子供たちの姿を見るのが密かな楽しみだった。

でも、今年にかぎっては、それはできそうにない。

事故から二十日も経過したというのに、いたずら電話は鳴りやまない。マスコミが家の前に張りつくことはなくなったが、近所の目もあって自宅から出られない。落書きされた壁を、真夜中にブルーシートで覆うのが精一杯だった。

暦が四月になろうかという頃、事故の情勢が変わり始めた。日を追うごとに、東浜鉄道の事故説明が二転三転するようになったのだ。

最初は運転士の責任だと説明していたのが、線路に置き石があっただの、取引先が用意した部品に欠陥があっただのと、説明に統一性がなくなってくる。警察も含めて外部の識者が調査した結果、耐用年数を過ぎている車両を使用していたことが発覚する。徹底的に利便性を追求した結果、部品交換がずさんで、走行中にブレーキが利かなくなった、と結論づけられた。脱線したのは、夫がスピードを出し過ぎたわけではなかったのだ。

事故の公式発表が出されたのは、脱線事故からちょうど五十日後の、四月二十四日のこと。

奇《く》しくもその日は、夫の誕生日だった。

久方ぶりに開け放った窓から、重みのある風が吹き込んできた。黄色いカーテンを翻し、居間一帯に赤みを帯びた日が差し込んでくる。

窓のそばに、木製のロッキングチェアがある。アンティークな雰囲気が漂うその椅子に、夫がいつも座っていた。普段そこにいた人が、もういない。当たり前のようにあったその景色が、今となっては宝物のように思えてくる。

夫と出会ったのは、私が二十八歳の時だ。

鎌倉線のホームで足をくじいた時、応急処置をしてくれたのが夫だった。

三つ上の彼は、三十を過ぎた人とは思えないほど、当時からしっかりしていた。自分の生き方に揺るぎないものを持っていて、彼が何かを口にすると、それがすべて正解に思えてくる。寡黙で決して派手な人ではなかったが、彼が持つ芯の強さに魅《ひ》かれていった。

結婚してからというもの、頼りになる、という意味を込めて、夫のことを「お父さん」と呼ぶようになった。恥ずかしがり屋の彼は、「やめろよ」とずっと困惑していたが、月日を重ねるうちに何も言わなくなった。

夫は、鉄道会社に長年勤務しているのに、敬礼の仕方がヘタだった。

新婚当時、私は彼の敬礼が変だと笑った。もっとうまくできるよう、食事の前に敬礼、お風呂に入る前に敬礼と、ことあるごとに敬礼をさせた。彼の照れながらやる姿がかわいらしくて、今でも当時を思い出しては幸せな気持ちになる。

私は、子供ができにくい体質だった。

夫が人一倍、子供が好きなことは知っていた。駅のホームで赤ん坊を見かけると、いつも自分から話しかけにいく。制服の胸ポケットに普段から飴玉《あめだま》を忍ばせていて、泣いている子供に差し出す姿を何度も目撃していた。

私は不妊治療を始めたが、一向に効果は出ない。私は夫に、別れてくれ、と言った。だけど、夫は拒んだ。子供ができなくても、お前がいてくれたらそれでいい、と。

彼は私に、不妊治療をやめさせた。私が治療で苦しむ姿を、これ以上見たくなかったのだろう。

結婚して三年目になる、秋口のことだった。

その日、近所の喫茶店で、夫が親戚夫婦とお茶を呑んでいるのを見かけた。何事かと店に入ると、テーブル席に座った三人がなにやら込み入った話をしている。

「しかし、子供ができなくて大変ね」

耳に飛び込んできたその言葉に、テーブルに近寄る足が止まった。親戚夫婦はともに、「別れたほうがいいんじゃないの」と口走っている。

「……確かに、子供がいないのは、辛いことかもしれない」

黙って聞いていた夫が、口を開いた。そして、毅然とした態度で言い放った。

「だけど、別の妻がほしいと思ったことは、ただの一度もない。子供ができないとしても、彼女は彼女だ。俺は今の彼女を愛しているし、それはこれからもずっと変わらない。人に諭してくる前に、あんたらは自分たちの生き方を見つめ直したほうがいいんじゃないか。失礼するよ」

夫はさっと立ち上がり、テーブルに千円札を叩きつけた。

穏やかな夫が声を荒げているところを、初めて目にした。私の存在に気づかずに店を出ていく彼の背中が、とてつもなく大きく見えた。

彼と過ごした時間を振り返るうちに、涙腺が緩んできた。

脱線事故以来、気持ちに余裕がなくて、彼の死に悲嘆している暇はなかった。一段落つくと、襲いかかるように悲しみが押し寄せてくる。

私は、彼を看取《みと》ってあげることができなかった。

葬儀をして、きちんと見送ってあげることもできなかった。

世間から隠れるようにして荼毘に付したのだ。

庭で遊んでいたハナが、カーテンの隙間から身を滑り込ませてきた。

ハナは、今年で十歳になる。雨の日に町中で捨てられていたのを、夫が連れて帰ってきた。

夫がロッキングチェアに座っていると、ハナはいつも膝掛けの上にちょこんと乗って彼に甘えていた。私にはその姿が微笑ましかったが、ロッキングチェアに彼がもう身を預けることはない。

主を失ったロッキングチェアに、ハナが飛び乗った。夫の温もりを懐かしむかのように、膝掛けの上で体を丸めている。

寂しそうな姿に、胸が締めつけられた。

桃色を基調としたロビーで、診察の番を待つ人たちが肩を並べ合っている。患者の不安を和らげるためか、院内にはオルゴール調のヒーリングミュージックが静かに流れている。

私は、小田原城の近くにあるメンタルクリニックを訪れた。

ゴールデンウィークが明けた頃から、体の急激な異変を感じるようになった。食事の際、箸を握った右手がぷるぷると震える。自宅のお風呂に浸《つ》かっていても、時間の感覚が掴めなくて気がつくと一時間近く経過している。

外に出ても、視界に入るものがどこか作りものめいて感じられる。一過性の症状とは思えず、スマホで調べて地元のこの病院にやってきた。精神科や心療内科だけではなく、認知症向けのもの忘れ外来もある本格的なメンタルクリニックだ。

「北村さま、こちらをお書きになってお待ちいただけますか」

ロビーのソファに腰かける私に、若い看護師が問診票を差し出してきた。バインダーに挟まれた白い紙に、夜は眠れていますか、ご飯は三食摂れていますか、と三十にも及ぶ質問事項が記載されている。

震えた手で記入していると、改めて自分の体の変調を突きつけられているようだった。脱線事故以来、夜中に目が覚めなかった日は一日もない。体重も、十キロ近く落ちた。今朝、鏡に映る自分の顔を見て、愕然とした。白髪は増え、痩せ細った青白い顔には艶がない。最初、それが自分の顔だと認識できなかったほどだ。

「大丈夫。俺がずっとついてるから」

奥の小部屋から、診察を終えた老夫婦がロビーに戻ってきた。

「心配ない、心配ない」

「あなた、ありがとう」

浮かない顔つきの奥さんを、旦那さんが支えるようにして腕を絡めている。

私が体調を崩した時、いつも肩を貸してくれたあの人はもういない。

不妊の治療をしていた時、薬が合わなくて嘔吐《おうと》していたら、夫はトイレまで駆けつけて背中をさすってくれた。汚れた口元を、嫌な顔ひとつせず手で拭き取ってくれた。いつもそばで寄り添ってくれた彼は、もうこの世にいないのだ。

書き終えた問診票を提出しようと立ち上がったら、目が眩《くら》んだ。心臓がきゅうっと収縮し、ソファに背中から倒れ込んでしまう。

「大丈夫ですかっ？」

隣に座っていた老人が、慌てて身を寄せてきた。

「申し訳ございません。大丈夫ですので」

時間が経過するにつれて、胸の痛みは収束していった。駆けつけた看護師にも、大丈夫です、と説明する。

「本当に、大丈夫ですか？」

隣の老人が、心配そうな目を向けてきた。

「大丈夫です。少し、立ち眩みしただけなんで」

その老人は私を値踏みするように眺めたあと、すっと席を立った。トイレのそばにあるウォーターサーバーに足を運び、紙コップに入った水を持ってきてくれた。

「これ、よかったら」

「ありがとうございます。助かります」

お礼を述べると、彼は私を安心させるように笑みを浮かべる。受付から「宇治木さん、奥の診察室にお入りください」と聞こえてくると、「では、私は」ともう一度笑みをこぼし、もの忘れ外来の診察室に入っていった。

冷たい水を口に含むと、全身の渇きを順に消し去っていくかのように隅々まで潤っていった。でも、胸に漂う鬱屈とした感情だけは一向に消えてくれなかった。

居間のクローゼットの引き出しに、夫と撮影した写真を収めたアルバムがある。シャイな夫は、写真を撮られるのが好きではなかった。でも、私はことあるごとにカメラに収めた。歳を重ねていつか人生を振り返る時、記憶に添える写真があったほうがいい。その時代を切り取る強い思い出があれば、生きていく勇気につながる、と思ったから。

メンタルクリニックで薬を処方してもらったことで、夜はある程度眠れるようになった。引き出しから分厚いアルバムを取り出し、フォトポケットの付いたページを順にめくっていく。

新婚旅行で北海道《ほっかいどう》に行った時の写真、ハナを引き取った日に三人で撮った写真、庭で焼肉パーティをした時の写真。

新婚当時の一枚の写真に、頬が緩んだ。制服を着た夫が、恥ずかしそうに敬礼をしている。夫が忘れていった弁当を届けに、西湯河原駅に出向いた際のものだ。ホームに人がいるのに、敬礼の練習をやらせてみた。やめろよ、こんなところで、と憤っていたが、私がしつこく言うから嫌々ながらもやってくれた。

アルバムの真ん中あたりに、一際大きなサイズの写真が収納されたページがある。結婚記念日に、南鎌倉にあるレストランで撮ったものだ。

店のサービスで、食事終わりに記念写真を撮影してくれる。結婚した翌年から毎年そのレストランを訪れていて、その場でもらった写真をアルバムに収めるのが恒例となっている。店の予約は、去年の結婚記念日の翌日にもう入れてある。今年も、一週間後の五月十九日に、二十四枚目の写真を撮ってもらう予定だった。

毎年、その店でコース料理を口にしながら、夫に伝えていたことがある。

「この先、どちらかが先に旅立った時は、翌年はひとりでここに来ましょう。相手を偲《しの》びながら呑むワインも、悪くないと思うから」

聞かされた夫は、「縁起でもない話をするな」と顔をしかめていた。でも、それが現実となってしまった。

先週ぐらいから、店に予約のキャンセルを入れるかどうか迷っていた。私としては、ひとりでも行きたい気持ちはある。大好きな赤ワインを呑めば、少しは気が晴れるかもしれない。

でも、事故を起こした運転士の妻が、結婚記念日を特別な場所で過ごすなんてことが許されるのだろうか。

座椅子に腰かけて考え込んでいたら、インターホンが鳴った。カーテンの隙間から外に目をやると、門の前に車椅子に乗った見知らぬ女性がいる。雰囲気からして、マスコミの人ではないだろう。

「……はい」

不審に思いながらも、通話ボタンを押した。

「北村さまの、奥さまでしょうか？」

「……そうですが」

「お昼のお忙しい時に、申し訳ございません。私は、小田原で食堂を経営しております、石田《いしだ》と申します。亡くなられた北村さまに、生前大変お世話になりましたもので、奥さまに一言ご挨拶をと思いまして」

インターホンの向こうから聞こえてくる声に、相手を労《いたわ》る気持ちが感じられた。言葉の節々に、慎み深さが滲んでいる。

私は、玄関のドアをゆっくりと開いた。門の前で車椅子に腰かけた彼女の顔つきを見て、不審な気持ちが一気に霧散した。声から感じられた誠実さそのままの顔がそこにあったからだ。

「改めまして、石田でございます。事故による奥さまの心労を察しながらも、無礼を承知でお伺いいたしました。申し訳ございません」

歩み寄って門を開くと、白髪《はくはつ》のその女性は車椅子の上から深く頭を下げた。失礼と思いながらも、人づてにご自宅の場所をお伺いしまして、と付け加える。

「こちらこそ、わざわざありがとうございます。どうぞ、お入りになってください」

手招きすると、石田さんは「いえ、ここで大丈夫です」と顔の前で手を振った。そして、「私は、見ての通り足が悪いんですが」と告げてから、夫のことを話し始めた。

「私は、小田原城前駅を利用しておりまして、電車に乗車する際、駅に連絡して補助をお願いしていたのですが、いつも助けてくださったのが北村さんでした。電車を運転なさっている時、私がきちんと車内に入るまで発進を待っててくださいます。何かのトラブルで電車が遅延している時でも、それは変わりません。文句を言う乗客を遮って、親身な対応をしてくださいました」

「……」

「駅前で私の到着を待ち、車内まで車椅子を押してくださることもありました。駅に私からの連絡が入ると、次の運転までの仮眠中の時でさえ、わざわざ起きて駅の階段の下で待っててくださったんです」

話を聞いていて、夫らしいな、と思った。彼が車椅子を押している姿が目に浮かんでくる。

「北村さんは、奥さまのことを、よく褒めていらっしゃいましたよ」

「……えっ」

「あいつは、どれだけ朝が早くても、一緒に起きて玄関まで見送りにきてくれる、って。そんなことしなくていい、と何度断っても絶対に起きてくる、って。北村さん、おっしゃっていました。奥さまに行ってらっしゃいと言われたら、いつも今日もがんばろうという気になる、って」

「……」

「私が夫を亡くしていることもあって、よく夫婦の話になりました。北村さん、いつぞや、おっしゃっていました。次に生まれ変わっても、またあいつと一緒になりたい、って。北村さんは、奥さまを心底愛してらっしゃったんだと思います」

胸の奥底が、ぽっと熱くなった。照れ屋で口数の少ない人だったから、面と向かって、好きだの、愛してるだのとは言われたことがない。

石田さんは、去り際にプラスチックの容器に入ったカツ丼を手渡してくれた。石田さんが経営している食堂の名物らしい。

居間に戻っても、石田さんから聞いた話が耳から離れなかった。テーブルの上の開いたアルバムには、昨年の結婚記念日にレストランで撮影した写真がある。石田さんの話を聞いてから眺めるこの写真が、今までとは違った意味を持って迫ってくるようになった。

だけど、忘れてはいけない。

夫に過ちがなかったとはいえ、結果として大勢の乗客が亡くなったことに変わりはない。

事故以来、ご遺族の方々が感じている辛さは、私の比ではないだろう。その方たちを差し置いて、私が悠長にワインを呑むわけにはいかない。夫がもし私と同じ立場であれば、絶対にそんなことはしないだろう。

私は、アルバムをそっと閉じた。

スマホを取り出し、レストランにキャンセルの電話を入れた。


早朝の薄い光を頼りに、洗面所で顔を洗った。洗面所の電灯はおろか、家中の電気を点けていない。

日を追うにつれて、明るい場所が怖くなってきた。

マスコミに、家にいるのがバレないようにするためではない。明かりの灯《とも》った空間が、純粋に恐ろしく感じられる。

とりわけ、早朝に目覚めて、洗面所に移動した時がそうだ。鏡の前が明るいと、急激に老けた自分の顔を拝むことになる。化粧でもごまかせないほど、ここ二ヶ月で顔の皺が増えた。

朝の空気を吸いたくて外に出ると、門の脇にある郵便ポストから、ガサガサという音が聞こえる。一足先に起きていたハナが、桜の枝の上から郵便物をあさっている。

枝からぴょんと飛び降りたハナが、二通の手紙をくわえてきた。一通は、夫の労災に関する東浜鉄道からの封筒だ。中身を確認しようとハナの口からそっと抜いたら、もう一通の封筒が地面に落ちた。拾い上げると、裏面に「根本慎治《しんじ》」という知らない名前が記入されている。

衝動的に、その場で封を開けた。中身をそっと抜き取ると、縦書きの便箋が折り畳まれている。

「北村美佐子さま――」

便箋の一番右に、私の名前が記されていた。手書きで丁寧に認《したた》められた文面に、上から下へ目を往復させていく。

脱線事故の被害者遺族が、私に宛てた手紙だった。

『北村美佐子さま。

突然のお手紙、申し訳ございません。根本慎治、と申します。

私は、本年の三月五日に起きた鎌倉線の事故で、一人息子の慎一郎を亡くしました。最愛の息子を失ったことで、私と妻、そして私にとっての義理の娘にあたる婚約者は、途方に暮れました。

三月十九日に行われた、被害者説明会のことを覚えておいでだと思います。その日、会場に現れたあなたが、我々被害者家族の前で頭を下げ続ける姿を目撃いたしました。あの状況の最中《さなか》、なかなかできることではありません。極めて誠実な方だと、お見受けいたしました。

その日以来、あなたのことがずっと頭の片隅にありました。私も、小田原の町に暮らす身です。四月二十四日に事故の公式発表が出たあと、知り合いを介して北村さまのご住所を知りました。被害者遺族の立場からどうしてもあなたに一言申し上げたく、老婆心と思いながらも、今回筆を取った次第でございます。ご無礼を、どうかお許しください。

まず、各種メディアを通じて、あなたが心ない第三者から色々と被害を受けている旨を耳にし、心を痛めております。面と向かって謝罪できない臆病者に代わり、私のほうからお詫びさせてください。本当に、申し訳ございません。

次に、今回の脱線事故に関することですが、電車を運転なさっていた北村隆夫《たかお》さまには、なんら非はございません。ましてや、妻であるあなたに責任などあろうはずがございません。

今後行われる事故の裁判にて、加害者である東浜鉄道があなたに少しでも不利益を生じさせるようなことがあれば、私が証言台に立ちます。繰り返しになりますが、あなたに責任はございません。

被害者説明会があったあの日、私が見たあなたは、そばでへたり込む義理の娘と同じ目をしていました。あなたとて、今回の事故で愛する配偶者を失った身。私が見たあなたの目には、泣いて泣いて泣き尽くした者にしか宿せない、悲哀の色が浮かんでいました。

北村さま。

私は、人間には自らの生涯を自分の手で終わらせる権利があると思っています。ひとりひとりが持つその権利を、赤の他人がとやかく言うのは本来、おかしなことなのです。

ですが、齢《よわい》七十を前にした年寄りの経験則が、あなたに一言申さずにはいられません。

北村さま。

死んではいけません。

死んではいけませんよ。

何かと坂の多い人の一生ですが、それでも人生というのは、全うするに値するものだという確信が私にはあります。

今月に入って、体調を崩していた義理の娘が、病院で妊娠を告げられました。父親は無論、亡くなった私の息子、慎一郎です。

私たち家族は、生きていく道を選びました。

転げ落ちる坂にもいつか終わりがあるように、この世界はいつだって我々に光のある未来をくれます。

人生というのは、不思議なものですね。

あなたの未来に、いつか眩《まばゆ》い光が射すことを祈って。

信じて。

確信して。

根本慎治
妙子《たえこ》

智子』

話しかけてくるかのような文面に、噴き出し始めていた涙が頬を伝っていった。

手紙の最後に記された三つの名前は、それぞれ筆跡が違っていた。まるでこの手紙に、署名するかのように。

この手紙は、根本慎治さんひとりからの手紙ではない。おそらく、彼の奥さまも義理の娘さんも目を通している。この手紙は、根本さんご家族が私に宛てた手紙なのだ。

桜の木の前を、ランドセルを背負った小学生たちが通りすぎていく。群れの中にいる赤いランドセルを背負った少女が、門扉の前で立ち尽くす私にニコッと微笑んだ。

「おばさん、おはよう」

彼女の言葉を合図にするかのように、後ろからやってきた子供たちが、おはよう、おはよう、と私に笑みを向けてくる。

去年の春先に、この通学路を歩いていた子供たちだ。みんな昨年よりも背が伸びて、顔つきも微かに大人びている。

「……おはよう、みんな」

涙を受け止めていた下唇が、ぷるぷると震えた。

「みんな、おはよう。おはようっ。おはようっ！」

私は、声を振り絞った。

未来ある子供たちの前で、沈んだ顔を見せるわけにはいかない。足元に寄ってきたハナを抱え上げ、掌《てのひら》で濡れた目元を拭った。


線路沿いを歩きながら見る駅のホームは、がらんとしていた。電車が走行していない線路は、物音ひとつしない。陰り始めた陽《ひ》も相まって、西由比ヶ浜駅一帯が陰鬱な雰囲気を纏っている。

透明のセロハンで包まれた花束を手に、目的の場所に向かった。脱線事故以来、外に出歩くことはほとんどなかった。久方ぶりの外出に緊張し、顔が少し強張っている。

プラットホームから遠く離れた線路沿いに、その場所はあった。菊の花を中心に、たくさんの仏花が重なり合って献花されている。

三月五日、午前十一時二十九分。この場所で、東浜鉄道の快速電車が脱線した。運転していた夫は、即死だった。彼はまさにこの場所で息を引き取ったのだ。

「お父さん。私、来たからね」

花束をくるむセロハンを剝がし、菊の花を置いた。

「お父さん。遅くなって……ごめんね」

声を絞り出すと、感極まった。

夫を弔った際は、突然の出来事に戸惑ったこともあって、きちんとお別れができなかった。あれから時間が経過した今この場所を訪れると、胸に迫ってくるものがある。

線路沿いの少し先で、私と同じように手を合わせている男性がいた。足元に花束を置き、神妙な面持ちで目を閉じている。

目をゆっくり開いたその老人と、視線がぶつかった。会釈すると、見覚えのあるその顔に記憶の扉が開いた。

私が通うメンタルクリニックで、以前、私に水を差し出してくれた人だ。認知症外来を訪れていた人で、確か宇治木さんといったはず。

「その後、お体のほうはどうですか？」

宇治木さんも私を思い出したようで、隣に来て表情を崩してきた。

「おかげさまで、気持ちは少し持ち直しました」

「それは、よかった。……ところで」

そばに積まれた花々を一瞥《いちべつ》し、言いにくそうに話を向けてきた。

「大変失礼なんですが、鎌倉線の事故で、どなたかを亡くされたのですか？」

わずかな間を置いてから、私はこくりとうなずいた。

「不躾なことを訊いてしまって、申し訳ございません」

「いえ、お気になさらず」

首を横に振る私に、宇治木さんは申し訳なさそうにお辞儀をしてきた。

頭を戻した宇治木さんが、線路にすっと目を向けた。

痩せ細った横顔に、自分と同種の翳《かげ》りが垣間見《かいまみ》えた。先ほどからの受け答えも、どこか気丈に振る舞っているように思えてならない。

「……大変失礼なんですが、もしかして、あなたも事故でどなたかを亡くされたのですか？」

無礼を承知で尋ねると、宇治木さんは黙りこくった。やがて悲しげな吐息を漏らし、俯き加減に私に告げた。

「……実は、今年の二月に、孫がここの快速電車に飛び込みましてね」

私は、言葉を失った。

「電車に跳ね飛ばされたあと、そこの鎌倉生魂神社の鳥居のそばで、変わり果てた姿で発見されて――」

そこまで述べて、言葉に詰まった。

事情が違うとはいえ、ともに愛する者を失った身だ。宇治木さんの辛さが、我がことのように思えて胸が痛い。

宇治木さんは、お孫さんの件をずっとひとりで抱え込んでいるのだろう。ことがことだけに、おいそれと人には話せない。彼がどれだけ心に闇を抱えているかは、こめかみに浮かんだ尋常ではない脂汗の量を見ればわかる。

「……もしよろしければ、お話しいただけませんか」

私は、宇治木さんの両手をそっと握った。

人に辛さを吐露すれば、気持ちは幾分楽になる。私も事故のことを誰にも話せず、本当に辛い思いをしたから。

「ありがとう、ございます」

宇治木さんは、私に感謝を示すように硬い表情を解いた。天を一度仰ぎ見てから、堰《せき》を切ったように語り始めた。

「実は、孫は学校で、壮絶ないじめを受けていました。でも、そのことを誰にも相談していませんでした。彼女の母親は、シングルマザーです。仕事が忙しく、昔から子育てらしいことをほとんどしておりません。孫からすれば、そんな母親に相談しても無駄だ、と思ったのでしょう。

私にとっては、ひとりしかいない、最愛の孫です。いじめられていることを、なぜ私に話してくれなかったのか、なにより私はなぜそのことに気づいてやれなかったのか、悔やんでも悔やみきれないいんです。孫は気が強いですが、とても優しい子です。もしかすると、デイサービスに通い始めた私に心配をかけたくなくて、相談しなかったのかもしれません。

部屋の引き出しから見つかった遺書には、たった一言だけ書かれていました。短い文章で、『人間が、誰も信じられません』と」

宇治木さんは、悲痛な顔色を浮かべて私から目を逸らした。だが、すぐに語気を強めた。

「あの子には、もっと人間というものを信じてほしかった。そして、出会ってほしかった。悪意と表裏をなす、すべてを覆い尽くせるほどの人の良心に」

血のように赤い夕陽《ゆうひ》が、町全体に広がり始めた。迫りつつあった宵闇を侵食するかのように。

「私は、認知症を患っています。近い将来、すべての記憶を失うでしょう。だけど、あの子のことだけは絶対に忘れたくない。いや、忘れるもんか」

自分に言い聞かせるように告げて、肩に提げた皮の鞄からたくさんのノートを取り出した。

「孫の名前だけは、絶対に忘れない。だから私、彼女の名前をノートに毎日書き続けているんです。脳の奥に刻み込むために。何千個と。何万個と」

開かれたノートには、すべてのページに隙間なくびっしりとひとつの名前が書き連ねてある。

雪穂、と。

「それにしても——」

真っ赤な陽を浴びながら、彼は同調を求めるように問いかけた。

「自分に、思い出をたくさんくれた人を忘れるのは、難しいものですよね」

かけられた言葉が、胸に真っ直ぐ突き刺さった。

いまだに何ひとつ忘れられない夫とのことを思い出し、下唇を強く噛み締めた。

居間のロッキングチェアで、ハナが小さな体を丸めている。

ハナは、夫がいつかこの椅子に戻ってくると思っているようだ。外で物音がすると、夫が帰宅したと思って慌てて玄関に飛び出していく。その後、寂しそうにとぼとぼと引き返してくる姿を見ると、いたたまれない気持ちになる。

一層のこと、ロッキングチェアを捨てようかな、とも思った。そうすれば、夫を思い出す回数は減るし、ハナにも無駄な期待をさせずに済む。

でも、できなかった。

夫がまだ、そこにいるような気がして。

いつか、ふらっと帰ってきてまたそこに座るような気がして。

目に入ると辛い反面、私にはこの椅子を捨てられそうにない。

門の外に、車が止まる気配がした。荷台から積み荷を降ろす、カチャカチャとした金属音が響いてくる。

「すいませーん！　湯河原工務店ですー！」

夫が戻ってきたと思ったのか、ハナがロッキングチェアから飛び降りた。玄関に向かおうとするハナを抱え上げ、居間を出ていく。

「ご苦労さまです。どうぞ、お入りになってください」

玄関から手招きすると、作業着姿の男性二人がやってきた。

家の外壁に書かれた落書きを消そうと、ネットで見つけた隣町の業者にお願いしていた。夫が鎌倉線の事故で亡くなった運転士であることは、事前に伝えてある。

「この度は、大変ご愁傷さまでした」

挨拶もそこそこに、男性二人が並んで頭を下げてきた。丁寧なお辞儀に、恐縮してしまう。

「それと、これはお話しするべきかどうか、迷っていたんですが」

頭を上げた右側の青年が、意味ありげな様子で私を見た。

「実は僕も、鎌倉線の脱線事故で、父親を亡くしたんです」

胸の内側に、跳ねるように波が立った。

「雄一。俺、先に作業しとくから」

込み入った話を察知したのか、隣に立つ白髪《はくはつ》の男性が外に出ていった。雄一と呼ばれた彼は、「すいません、竹中さん」と申し訳なさそうな顔を向けている。

「……そうでしたか。そんな事情は露も知らず、無神経なお願いをしてしまって、申し訳ございません」

ハナを床に下ろし、深々と頭を下げた。

「いや、謝るようなことじゃないですよ」

彼は強い口調でそう言って、「頭を上げてください」と私の二の腕にそっと手を置いた。

「当たり前ですが、僕は北村さんの旦那さんを、全く恨んでいません。邪《よこしま》な感情は一ミリも持ってないんで、変な気遣いは一切無用です。きちんと仕事させてもらいますんで」

私を安心させるように笑みを浮かべ、はい、いい子いい子、とハナの頭を撫で始めた。

「ところで、北村さんに、どうしても伝えておきたい話があって」

柔和だった彼の表情が、急に引き締まった。

「……もし、亡くなった旦那さんにもう一度だけ会えるとしたら、どうしますか？」

言われた言葉の意味が、わからなかった。

「今からお話しすることは、冗談でもなんでもありません。深夜に西由比ヶ浜駅に行くと、ホームに幽霊がいます。深夜の鎌倉線を幽霊電車が走っていて、事故当時の電車に乗れるんです。僕は実際に、亡くなった父親に会いました」

淀みない口調で、彼は突拍子もないことを述べた。

「もしあなたが、事故以来、ずっと立ち止まったままで前に進めないとしたら、最後にもう一度、愛する人にお会いするべきです。僕が今しているこの腕時計は、事故で亡くなった父親が身に着けていたものです。僕は父親と、幽霊電車で言葉を交わしました。事故で壊れた父親の腕時計を修理し、父親の形見としてこの時計をするようになってから——」

彼はそこで心持ち間を取り、私から目を逸らさずに言った。

「止まっていた僕の時間が、動き出しました」

プラットホームの上に、青黒い夜の色が広がっていた。電光掲示板は消灯し、ホームに暗い闇が立ち込めている。

ホームの一番奥に、薄い月明かりに照らされた場所があった。そこだけスポットライトを浴びるかのようにして、誰かが点字ブロックの外側に立っている。

目を凝らすと、セーラー服を着た若い女性だった。

彼女は、小さな桃色の巻貝を手に持って掲げている。その貝に何か思い入れがあるのか、しんみりとした顔つきでじっと眺めている。

「あなたが、最後の乗客になるかしら」

歩み寄る私に気づいて、彼女がこっちに首を向けた。

「……もしかして、あなたが幽霊ですか？」

「そうよ。驚いた？」

驚いた。

雄一さんは昨日、幽霊の性別のことまでは話してくれなかった。勝手な憶測で、もっと恐ろしい男の幽霊を想像していた。

「この時間にここに来たってことは、幽霊電車の話は聞いてるんだよね？」

彼女の問いかけに、黙ってあごを引いた。「だったら、話は早い」と、彼女は幽霊電車に乗るための四つのルールを口にしてきた。

・亡くなった被害者が乗った駅からしか乗車できない。
・亡くなった被害者に、もうすぐ死ぬことを伝えてはいけない。
・西由比ヶ浜駅を過ぎるまでに、どこかの駅で降りなければならない。西由比ヶ浜駅を通過してしまうと、その人も事故に遭って死ぬ。
・亡くなった被害者に会っても、現実は何ひとつ変わらない。何をしても、事故で亡くなった者は生き返らない。脱線するまでに車内の人を降ろそうとしたら、元の現実に戻る。

「わたしが作ったこの四つのルールを守れるなら、幽霊電車に乗りなさい。って、言ってるそばから来たみたいね」

慌ただしく説明を終えた彼女が、ニヤリと笑みをたたえた。彼女が目で示した先から、透けた黒い車体がホームに近づいてくる。

ホームに停車した電車を見て、心臓が跳ね上がった。電車の運転室に、亡くなった夫がいたからだ。

「お父さん……」

口に手を当てて唖然としていたら、電車がじりじりと発車し始めた。そこから数分後、遠くから鼓膜を突き破るような轟音が響き渡ってきた。

「今通過していった電車は、あの日に脱線した電車そのものよ。さっき説明した、三番目のルールは真実。途中で幽霊電車を降りないと、あなたもあぁなるわよ」

混乱している私をよそに、彼女は続ける。

「この幽霊電車は、事故に強い思い入れのある人にしか見えないの。でも、それももうすぐ誰の日にも見えなくなる。あさっての五月二十八日に、鎌倉線の安全点検が終了する。その日の始発から、鎌倉線が復旧するの。わたしが言いたいこと、わかるかしら？」

「……」

「要するに、明日の深夜に現れる幽霊電車が、最終電車になるってこと。だからもし乗るなら、明日が最後のチャンスになる」

彼女いわく、明日の深夜、西由比ヶ浜駅を通過した最後の電車はその後、天に召されるらしい。

興奮した神経を鎮めようと、私は太い息を吐き出した。耳にした情報を整理しながら、ゆっくりと深呼吸を繰り返す。

でも、迷いはなかった。

亡くなった被害者に会っても、現実は何ひとつ変わらない――。

仮にそうだとしても、私の思いは揺るがない。

私は夫にもう一度会うべく、明日の最終電車に乗り込むことにした。


五月末とは思えないような、肌寒い夜だった。

プラットホームの頭上で、砂金を散らしたように星屑《ほしくず》が瞬《またた》いている。澄み切った空気のせいか、星空との距離が不思議と近く感じられる。

星明かりを頼りに、ホームの壁に貼られた鏡で服装を確認する。私は、ラベンダーカラーのカーディガンを羽織っている。去年の結婚記念日の直前に、購入したものだ。

夫と過ごす最後の時間に、汚い格好で行くわけにはいかない。痩せ細った現状でも、自分なりに精一杯オシャレをしたつもりだ。事故以来、初めてきちんと化粧もした。

突然、鏡に映る後ろの景色に光が射し込み始めた。驚いて振り返ると、いつのまにか電光掲示板に、「快速 南鎌倉 十時二十六分」と明かりが点灯している。

線路の向こうから、透けた電車がホームに近寄ってきた。黒い車体は、昨晩よりも遥かに透けている。この幽霊電車が最終ですよ、と伝えてくるかのように。

停車した電車の運転室に、制服姿の夫がいた。ホームに降りることなく、真剣な表情で念入りに機材のチェックをしている。

夫に見つからないよう、二両目に近い扉から一両目に乗り込んだ。

「西湯河原発、南鎌倉行き、まもなく出発いたします」

夫のアナウンスを耳にしながら、運転室に歩み寄っていく。

車内のすべての扉が、一斉に閉まった。運転室の前までやってきた私は、後ろに乗っている人たち全員に向けて、頭を低く下げた。

この電車に乗っている人たちは、今から一時間後、事故に遭って亡くなってしまう。この車両を預かった運転士の妻として、謝意を示さないわけにはいかない。

私は、ゆっくりと頭を起こした。そばのつり革を摑み、真横の運転室にそっと視線を投げる。

夫は、私の存在に全く気づいていない。窓の付いた仕切り扉の向こうに座り、丸型の速度計と睨めっこしながら真摯な顔つきでハンドルレバーを握っている。

もとより、夫と言葉を交わすつもりなどなかった。

最後の時間になるとはいえ、夫の仕事の邪魔をするわけにはいかない。彼のそばに、ただいるだけでいい。近くから眺めているだけで、私は充分幸せなのだ。

江之浦駅に到着すると、開いた扉から乗客が駆け込んできた。スーツを着たサラリーマンらしき男性が、「函館《はこだて》」と記された紙袋を手にしている。会社に行って、同僚に北海道土産を渡すつもりだったのだろうか。

私と夫の新婚旅行先も、北海道だった。

結婚式から七ヶ月後に、冬の函館を訪れた。でも、私は風邪を引いていた。飛行機の中で夫にも移してしまったらしく、函館のホテルにチェックインするやいなや二人してゴホゴホと咳き込むことに。

本来であれば、予約したお寿司《すし》屋さんで初日の夕食を摂る予定だった。でも、寒空の下を歩くと、風邪が悪化するかもしれない。夫がそう判断し、その日の夜はホテルの部屋で食事をすることになった。

窓際に設置された椅子に向かい合って座り、ルームサービスで頼んだ、冷凍のかにチャーハンを食べた。せめて綺麗な夜景でも、と窓の向こうに目をやったが、降り始めた大雪で外の景色が見えない。

「私たち、北海道まで来て何してるんだろうね」

私がそう口にすると、夫はくすくすと笑った。夫につられるように、私も声に出して大笑いする。

幸い、翌朝には二人とも体調は回復した。その日の夜、前日に行けなかったお寿司屋さんを訪れた。函館の夜景も満喫した。その翌朝には登別《のぼりべつ》に移動して温泉にも浸かった。

だけど、新婚旅行の思い出を振り返る時、真っ先に思い出すのは、二人で冷凍のかにチャーハンを食べたことだ。

「意外とうまいな、このチャーハン」

彼がそう言って笑みを浮かべた時、漠然とだが、夫婦というのはきっとこういうものなんだな、と思った。同時に、この人となら、ずっと一緒にやっていける、と確信を持った瞬間でもある。

小田原城前を通過した電車が、前川駅に到着した。

窓の向こうに、古びた木造のベンチがある。駅全体に漂う趣のある佇まいは、昔と何ひとつ変わらない。今から二十六年前、私と夫が初めて出会ったのがこの前川駅のホームだった。

当時、私は前川駅の近くで暮らしていた。ハイヒールを履いて駅に出向いたその日、改札を抜けたところで右足を激しく捻ってしまう。ホームのベンチから動けなくなった私に、「どうされました？」と声をかけてくれたのが夫だった。

夫は、私の右足に添え木をし、応急処置を始めた。足にくるくると包帯を巻きつけていたら、彼の制帽が強風で飛ばされた。ツバの部分がほつれた、やけに年季の入った制帽だ。

「あ、帽子が！」

私は叫んだが、彼は微動だにしない。「動かないで」と私を注意し、包帯を足に丁寧に巻きつけていく。飛ばされた制帽は線路に落ち、やってきた快速電車に轢《ひ》かれてしまった。

その日から、一週間後。前川駅のホームで見かけた夫は、新しい制帽をかぶっていた。「先日は、ありがとうございました」とお辞儀をすると、夫は、気にしないで、とばかりに表情を緩める。

彼と結婚した、ある日のことだった。

夫の机の引き出しに、ボロボロの制帽が保管してあるのを目にした。何かに轢かれたかのごとく、ほとんど引きちぎられている。

この制帽は、夫が私の足を応急処置している時に電車に轢かれたものだ。夫はそのあと、線路に下りて轢かれた制帽を回収していたのだ。

この制帽は、夫の父親がかぶっていたものだった。運転士になった夫は、亡くなった父親の遺志を継ぐように、父親の制帽をかぶり始めた。彼は父親の形見が風で飛ばされるのをものともせず、ケガをした私を助けてくれたのだ。

目の奥に残るどの思い出も、胸を熱くしてくれる。私はつり革を手に、遠い日に心を飛ばした。

電車は、いつのまにか小磯駅を通過していた。

運転室に目を向けると、仕切り扉の窓越しに、夫と視線がぶつかった。なんで、お前がここに。夫はそう言わんばかりに困惑した表情を浮かべたが、茅ヶ崎海岸駅が近づくにつれ、電車を減速させるために首を前方に戻した。私に振り向くことなく、淡々と運転業務をこなしていく。

生真面目な人だから、このあともうこちらに振り返ることはないだろう。ほんのわずかな時間だったが、最後に彼と目が合えてよかった。

茅ヶ崎海岸駅を通過した電車が、江ノ島の前を行き過ぎた。

時間はもう、あまり残されていない。

容赦なしに加速していく電車に揺られながら、窓の先に、相模湾に面した海岸が見えてきた。由比ヶ浜だ。

夫とその昔、この由比ヶ浜に足を運んだことがある。

師走の寒い日だった。不妊治療をやめて塞ぎ込む私に、夫が「海でも見にいこう」と車を走らせてくれた。

陽が陰り始めた海辺で、夫と砂の上にお尻をついた。寄せては引いていく淡い波を、少し離れたところから眺める。

隣で黙りこくっていた夫が、突然、口を開いた。

「すまんな。何もできなくて」

私は、何も言えなかった。

子供ができないのは、夫のせいではない。でも、ともに支え合う夫婦として、夫なりに責任を感じているのだろう。

「パパーッ！」

海辺に下りる階段を、小さな子供が駆けてきた。先を行く父親を追いかけて、私たちのそばを走り抜けていく。

後ろから、赤ん坊を抱えた母親が現れた。家族四人で波打ち際に集まり、楽しそうに談笑している。

私には、子供のいるこのご家族が眩しかった。海から目を逸らし、そのまま顔を上げられなくなる。

俯く私の肩に、夫が腕を回してきた。何も言わず、私の体をぎゅっとそばに引き寄せる。

普段、こんな大胆なことはしない人だ。でも、抱き締め方に躊躇がない。肩にのしかかる彼の重みが自分への愛情を表しているようで、涙が目にあふれてきた。

「お父さん……」

私は、夫の胸の中で泣いた。黙したまま、彼は私から腕を離そうとはしなかった。

今になって、思うことがある。

私は、頼りになる、という意味を込めて、夫を「お父さん」と呼び始めた。夫は当初嫌がっていたが、ある時期を境に注意してこなくなった。

彼が「お父さん」と呼ばれるのを受け入れたのは、私に子供ができなかったからではないだろうか。

夫婦に子供ができると、夫を「お父さん」と呼び始める妻が多い。彼は子を持てなかった女の私に、せめて呼び名だけでも、と考えたのではないだろうか。今となっては確かめる術《すべ》はないが、彼の優しい性格を考えるとそう思えてならない。

電車が、急激に減速し始めた。まもなく、西由比ヶ浜駅に到着する。

私は、西由比ヶ浜駅を通過するつもりでいた。

お父さんを、ひとりで行かせるわけにはいかない。私は、自分も死ぬためにこの幽霊電車に乗ったのだ。

居間のテーブルに、遺書は置いてきた。ハナは、石田さんに預けてある。彼女の食堂に電話して、気分転換に旅行に出かける、と告げたら快く預かってくださった。石田さんなら、きっとハナのことを幸せにしてくれる。

電車の揺れが、じりじりと収まっていった。回転していた車輪が、「西由比ヶ浜」と記された標識の前でピタリと動きを止める。

私は、その場から動かなかった。つり革から手を離し、大きく息を吸い込んだ。落ち着かせるようにふぅっと吐き出した瞬間、運転室の扉がガチャリと開いた。夫が運転室から出てきたのだ。

驚く私に、夫は神妙な顔つきで告げた。

「降りなさい」

かけられた言葉の意味が、わからなかった。

「降りてくれ。頼む」

「……」

「すまん、美佐子。本当に、すまん……。生きてくれ」

夫の声は、震えていた。だが、一向に降りようとしない私を、キッと睨みつけた。

鋭い視線に、思わず電車を降りてしまう。

「なんで……」

運転室に戻り始めた夫を見ながら、ホームで立ち尽くしていた。

「ごくろうだったわね」

声のしたほうを振り返ると、昨晩出会った幽霊がいる。いつのまにか闇に包まれているホームで、「どういうことですか？」と彼女を問い詰める。

彼女は言う。

「わたしは確かに、この電車に乗る条件として、相手にもうすぐ死ぬことを伝えてはいけない、と言ったわ。ただし、相手が自分がこれから死ぬことを知らない、とは言っていない。みんな知っているのよ。もうすぐ自分が事故で死んでしまうのを」

茫然とする私に、彼女は続ける。

「この電車にいる人たちは、魂が成仏できずにこの世に居残っている。幽霊電車に乗っている人間は、自分が脱線事故で死んだことを覚えている。事故の際の記憶を保持したまま、この電車に乗っているの。けれど、幽霊は幽霊。何をしたところで事故は起きてしまうし、現実は何も変わらないの」

私は、頭を整理できなかった。まさか、夫がこれから事故に遭うのを知っていたなんて。

「なぜ、乗客がこれから死ぬことを知っていると、教えてくれなかったの？」

疑問をぶつけると、彼女は「なぜだろう。自分でも、よくわからないけど」と前置きしてから答えた。

「そのほうが、素敵な時間になると、思ったからかもしれない」

「……」

「わたしは、この世に生きていても仕方がない、と思っていた。でも、どうやらそれは間違いだったようね。あの脱線事故のあと、幽霊電車の噂を聞きつけた大勢の人たちが、この電車に乗った。だけど、ただのひとりも西由比ヶ浜駅を通過しなかった。正確には、通過できなかった。中にはあなたのように、乗り過ごそうとする者もいた。

だけどその時、誰しもがその人を電車から降ろした。中には、殴りつけて無理矢理降ろすようなことも。普通はひとりぐらい、寂しいから愛する人にもこっちの世界に来てほしい、って思うものじゃない。だけど、そんな人はひとりもいなかった。全員が愛する人たちに、生き続けることを選ばせたの。わたしはそれを、美しいと思った」

彼女はふうっと吐息を漏らし、ピンクの巻貝を握り締めて言った。

「人間がこんなにも美しいと知っていたなら、死ぬんじゃなかったな、わたしも。じゃあね」

はにかむような笑みを浮かべて、彼女は停車している幽霊電車に乗り込んだ。最後の乗客が来るのを待っていたかのように、開いていた扉がさっと閉まる。

夜の風が、私の前髪を持ち上げた。追いかけるようにもう一度吹きつけてきた風が、潮の香りを連れて鼻先を通り過ぎていく。

夫との、別れの時間になった。

私は、運転室にいる夫を見てはいけない、と思った。鉄道会社に非があるとはいえ、事故を起こした運転士の妻として、私にも責任がある。目の前の電車には今、事故で亡くなった方々が全員集まっている。その方々の前で、私が家族ときちんとした別れをするわけにはいかない。おそらく、夫も今そう思っている。それを証拠に、運転室にいる夫は私のほうを見てこない。

私は、幽霊電車の乗客に向かって、深々と一礼をした。そして頭を上げる瞬間、してはいけないと思いながらも、一度だけ運転室に視線を投げた。

横から見える夫の肩は、小刻みに震えていた。

電車が、ゆっくりと動き始めた。するとその時、夫が私を見た。夫はニコッと微笑み、私に向かって敬礼をしたのだ。昔、一緒に練習したあのヘタクソな敬礼を。あの時に見せた、子供のような笑みを浮かべて。

頰に、一筋の涙がこぼれ落ちた。手で口元を押さえたが、堪え切れなくなって激しく嗚咽する。

線路をはずれた幽霊電車が、天に向かって走り始めた。空に散らばる星を縫うように、ゆっくりと走り去っていく。

お父さん。

お父さん――。

星空を見上げながら、私は万感の思いを込めて告げた。

「行ってらっしゃい」

<初出>

本書は書き下ろしです。

この物語はフィクションです。実在の人物・団体等とは一切関係ありません。

◇◇メディアワークス文庫

西《にし》由《ゆ》比《い》ヶ《が》浜《はま》駅《えき》の神様《かみさま》

村瀬《むらせ》 健《たけし》

2020年6月25日　初版発行
2024年12月15日　20版発行

発行者　山下直久
発行　株式会社KADOKAWA
〒102-8177　東京都千代田区富士見2-13-3
0570-002-301（ナビダイヤル）
装丁者　渡辺宏一（有限会社ニイナナニイゴオ）
印刷　株式会社KADOKAWA
製本　株式会社KADOKAWA

●お問い合わせ
https://www.kadokawa.co.jp/（「お問い合わせ」へお進みください）
※内容によっては、お答えできない場合があります。
※サポートは日本国内のみとさせていただきます。
※Japanese text only

※定価はカバーに表示してあります。

Printed in Japan
ISBN978-4-04-912736-2 C0193

メディアワークス文庫　https://mwbunko.com/

本書に対するご意見、ご感想をお寄せください。
あて先
〒102-8177　東京都千代田区富士見2-13-3
メディアワークス文庫編集部
「村瀬 健先生」係

◆◇◇

そして、その日まで君を愛する

似鳥航一

読む順番で変わる読後感！
愛と幸福の物語はこちら。

十二歳の夏を過ごしていた少年・嵯峨愁。しかし、彼はあるとき“心”だけが三十年後に飛ばされ、将来生まれるという自分の息子・ナツキの少年時代の心と入れ替わってしまう。

途方に暮れる愁に、そっと寄り添う不思議な少女・雪見麻百合。彼女にはある秘密があって──。

「偶然じゃなくて、運命なのかもしれませんよ？」

長い長い時を超えて紡がれる大きな愛の回想録。

──物語は同時刊行の『あの日の君に恋をした、そして』に続く。

第25回電撃小説大賞《選考委員奨励賞》受賞作

逢う日、花咲く。

青海野 灰

これは、僕が君に出逢い恋をしてから、君が僕に出逢うまでの、奇跡の物語。

13歳で心臓移植を受けた僕は、それ以降、自分が女の子になる夢を見るようになった。

きっとこれは、ドナーになった人物の記憶なのだと思う。

明るく快活で幸せそうな彼女に僕は、瞬く間に恋をした。

それは、決して報われることのない恋心。僕と彼女は、決して出逢うことはない。言葉を交すことも、触れ合うことも、叶わない。それでも——

僕は彼女と逢いたい。

僕は彼女と言葉を交したい。

僕は彼女と触れ合いたい。

僕は……彼女を救いたい。

メディアワークス文庫